[handwritten inscription] monsieur Mabou / Hommage de l'auteur [signature]

LE CARILLON DE PARIS

[handwritten] 8°2 / le serre / 5786

ŒUVRES COMPLÈTES DE AUGUSTE GERMAIN

Exemplaire n°

2 ? ?

AUGUSTE GERMAIN

Le Carillon
de Paris

PARIS

H. SIMONIS EMPIS, ÉDITEUR

21, RUE DES PETITS-CHAMPS, 21

—

1901

Il a été tiré de cet ouvrage

huit exemplaires sur papier de Hollande.

LE CARILLON

DE PARIS

MIDI

RÉVEIL EN FANFARE

Dans la chambre bien close, en deux lits jumeaux, les époux dorment, tels des loirs
d'âge raisonnable. Parfois même, ils ronflent : et l'on croirait à des variations fan-
taisistes sur un cornet à piston.

Monsieur, une belle barbe de jais, — rentré
tard du cercle, — rêve aux abatages qui
l'ont abattu.

Madame — un double menton qui commence
à se dessiner, de jolies lèvres gourmandes,
des bras dodus, allongés sur le drap, —
voit en songe la soirée où elle s'attarda ;

1

des cotillonneurs passent devant ses yeux ;
ils ont tous le même visage et s'appellent
Edgar.
Au dehors va, court, file en tous sens la no-
ble cohue des braves travailleurs qui se
hâtent vers le déjeuner.

MONSIEUR, *s'éveillant en sursaut.* — Sapristi ! quelle heure est-il ? (*Enflammant
une allumette et regardant une petite pendule posée sur la table de nuit*) : Midi !...

MADAME, *à demi réveillée.* — Qu'est-ce
qu'il y a, mon ami ?.. Vous êtes souffrant ?

MONSIEUR. — Savez-vous quelle heure il
est ?

MADAME, *bâillant.* — Il doit être bien tôt...
me semble que je viens de me coucher.

MONSIEUR. — Il est midi.

MADAME, *calme.* — Ah !

MONSIEUR. — C'est ridicule... absurde...
On ne peut pas arriver à se lever ici... (*Il
sonne. A la femme de chambre qui entre :*)

Qu'est-ce que je vous ai dit, Louise? Qu'est-ce que je vous ai dit?

LOUISE, *ouvrant les rideaux*. — De quoi Monsieur veut-il parler?

MONSIEUR, *furieux*. — Ne vous ai-je pas donné l'ordre de me réveiller tous les matins à dix heures?

LOUISE. — Oui, monsieur.

MONSIEUR. — Eh bien! pourquoi ne l'avez-vous pas fait?

LOUISE. — Madame m'avait recommandé de la laisser dormir et de ne pas entrer dans la chambre avant qu'elle ne sonne.

> Monsieur, jusqu'au moment où la camériste disparaît, ne répond rien; mais il rage terriblement.

MONSIEUR. — A quelle heure va-t-on déjeuner maintenant?

MADAME. — Mais, bientôt, mon ami...

MONSIEUR. — Oui... et les plats vont être

réussis!... Tout sera trop cuit, desséché, brûlé... Je vois des sauces... d'un noir!... Nous aurons l'air de manger du nègre... Je comprends que les cuisinières ne veuillent pas rester ici... Il n'y a aucune régularité pour l'heure des repas.

MADAME. — Au lieu de parler aussi long-temps... si inutilement surtout, vous feriez mieux de vous lever...

MONSIEUR. — Me lever, le premier? Pour-quoi?... Je serai obligé de vous attendre en-suite.

MADAME. — Oh! je vais aussi vite que vous à m'habiller.

MONSIEUR, *essayant de rire*. — Ah! non, ça, c'est trop drôle!... Vous prétendez vous habiller aussi vite que moi?... Quand vous êtes dans le cabinet de toilette, vous ne pou-vez plus en sortir...! Si vous n'étiez pas obligée de déjeuner, on vous y retrouverait encore à minuit.

MADAME, *amère*. — Vous pouvez parler...!
Vous êtes si prompt !

MONSIEUR. — Moi ?... Moi ? Je ne suis pas
vif ? Une, deux, trois... Passez pantalon...
Enfilez jaquette... Et çà y est. Je suis prêt.

MADAME. — Alors, commencez. Vous savez que, quand je m'habille, je déteste que
l'on tourne autour de moi.

MONSIEUR. — Je vous répète que je ne me
lèverai pas le premier.

MADAME. — Je sais bien pourquoi. Vous
allez demander vos journaux ; vous vous
mettrez à les parcourir. Tout à l'heure, on
ne pourra plus vous arracher du lit.

MONSIEUR. — J'aime mieux lire dans le
dodo que dans le salon, assis sur un grand
bête de fauteuil.

MADAME. — Avouez donc que vous n'avez
pas envie de vous lever...

MONSIEUR, *ricanant*. — Pas envie de
quitter mon sommier ?... Mais j'ai un rendez-

vous!... Vous croyez que j'y serai, à ce rendez-vous? Et c'est très important pour moi, excessivement important. Ah! non, tenez, j'en ai assez. A cause de vous, à cause de votre amour du sommeil, je manque une foule de choses considérables... vous entendez bien... considérables... Il faut que ça change...

MADAME. — Mais c'est vous-même qui refusez de vous lever... Combien de fois quand on vous réveille à dix heures, êtes-vous encore au lit à midi!

MONSIEUR. — C'est que je n'ai rien de sérieux à faire ces jours-là. Mais je vous le répète, il faut que ça change.

MADAME. — Comment?

MONSIEUR. — Dorénavant, tous les matins, réveil en fanfare à huit heures.

MADAME. — Où prendrez-vous la fanfare?

MONSIEUR. — Louise la représentera. Elle entrera, tirera les rideaux, fera le plus de bruit possible. De cette façon, nous arriverons peut-être à déjeuner exactement.

MADAME. — Désolée, mon ami, mais je ne vous suivrai pas dans cette voie.

MONSIEUR. — Hein?

MADAME. — Si vous voulez être debout, en même temps que les laitiers, vous êtes libre de le faire... Mais, moi, je vous préviens qu'au retour des soirées ou des bals, j'ai besoin de sommeil... Je continuerai de dire à la femme de chambre qu'elle me laisse dormir.

MONSIEUR. — Elle est épinard, celle-là !

MADAME. — Expliquez.

MONSIEUR. — Je veux dire qu'elle est verte.

MADAME. — On voit que vous n'êtes pas encore très bien réveillé. La plaisanterie que vous venez de trouver n'obtiendrait pas un murmure flatteur, même au café-concert... Mais pourquoi cette mauvaise humeur? Il y aurait un moyen bien simple d'arranger les choses.

MONSIEUR. — Dites.

MADAME. — Au lieu d'avoir deux lits jumeaux, deux lits qui font que si l'on vous réveille, on me réveille et *vice-versa*, pourquoi ne pas avoir chacun notre chambre ?

MONSIEUR. — Ça vous irait ?... Je craignais, si je vous adressais une telle proposition...

MADAME. — Un refus... ? Vous aviez tort... Grâce à cette combinaison, nous ne nous disputerons plus chaque matin.

MONSIEUR, *heureux comme s'il venait de recevoir l'Ordre de la Jarretière.* — Oh ! certainement... Certainement... Tout à fait de votre avis... Plus de réveil en fanfare... Plus de musique... Sapristi ! que votre idée est bonne ! (*Regardant la pendule.*) Seulement, l'aiguille marque midi et demi... Le temps de vous habiller... de m'habiller à mon tour... Jamais je n'arriverai à mon rendez-vous.

MADAME. — A quelle heure est-il ?

Monsieur. — Une heure.

Madame. — J'en ai un aussi à la même heure ?

Monsieur. — Tant pis, je ne déjeunerai pas.

Madame. — Moi non plus.

> Simultanément, ils rejettent les couvertures.
> Simultanément, ils bondissent sur le tapis.
> Ils ont, tous deux, des visages satisfaits, des yeux clairs, des lèvres souriantes.
> Il siffle un air de chasse ; elle fredonne un air d'opérette.

Monsieur, *songeant*. — Filons chez ma petite amie, Tototte. J'arriverai pour déjeuner avec elle. Doux ange ingénu ! Comme elle sera heureuse en apprenant que je pourrai passer de temps en temps la nuit auprès d'elle !... Car à présent que je vais faire chambre à part, à moi, les élégants découchers !...

Madame, *songeant, elle aussi*. — Allons

vite demander à Edgard à déjeuner... Lui
qui est jaloux de mon mari, lui qui hier, encore, à cause de lui, m'a fait une scène
pendant le cotillon, comme il sera content
lorsqu'il saura que j'ai une chambre, une
bonne petite chambre à part...! (*A son mari.*)
Vous m'aimez toujours, monsieur?

MONSIEUR. — Davantage!

MADAME. — Moi aussi, canaille...

EN ROUTE POUR LA GRANDE VIE !

Au coin du faubourg Montmartre et de la
rue de Provence, devant une boutique d'é-
picerie, stationne Mlle Frédérique, une
fillette de dix-sept ans, très brune avec
des yeux bleus. Elle porte le costume noir
des petites couturières, — ce costume toujours un peu usé, — qui dessine si bien la
taille et aussi les buscs du corset.
Elle est inquiète. Les paupières sont un peu
rouges. Elle n'entend pas les passants, les
adorables passants si malins, qui lui di-
sent : « Bonjour, la jolie fille ! » Elle regarde tour à tour les trois rues qui sont
devant elle.

A une horloge toute proche tintent quatre
coups brefs, annonçant l'heure. Puis une
vibration longue et prolongée. — Une
heure ! » Et l'enfant a envie de pleurer.

FRÉDÉRIQUE. — Oh ! enfin, te voilà !

Devant elle, se dresse tout pâlot, avec des
yeux de fièvre, une moustache mince
comme deux virgules, M. Jean, un gamin
de vingt-trois ans, aux joues creuses d'employé de magasin.

M. JEAN. — Mon Dieu !... j'avais si peur
que tu ne m'aies pas attendu !

FRÉDÉRIQUE. — Ah ! tu es gentil... Tu t'entends à me faire compter les pavés ! Je suis
là depuis vingt minutes... Et ce matin ?...
Ce matin, j'ai posé plus d'une demi-heure,
boulevard des Batignolles...

M. JEAN. — Ce n'est pas ma faute... Je
t'expliquerai...

FRÉDÉRIQUE. — Quoi ? C'est peut-être celle
de Louis XVI ?... D'abord, d'où viens-tu ?

M. JEAN. — Je vais te conter tout cela...
As-tu pris ton café?

FRÉDÉRIQUE. — Mon café! J'y pensais bien!
Et puis, si j'avais eu envie de le prendre,
avec quoi aurais-je pu le payer? Tu ne sais
pas, ce matin...

M. JEAN. — Qu'est-ce qu'il y a eu?

FRÉDÉRIQUE. — Eh bien! à force de t'attendre aux Batignolles, je suis arrivée en
retard à l'atelier... C'est la morte-saison,
pas? Le patron est enchanté d'avoir le
moins d'ouvrières possible... Quand je suis
arrivée, les portes étaient fermées ; j'ai
perdu toute ma demi-journée... trente sous...
Ah! je l'ai eu alors à la gaîté!... Il a fallu
me promener comme ça, à travers les rues,
jusqu'au moment du déjeuner... Et tu vois
quelle heure il est maintenant... Je vais encore être en retard... Allons, dis-moi au revoir... Et amène-toi me chercher à la sortie
de l'atelier.

M. Jean. — Non; viens prendre ton café.

Frédérique. — Tu es fou ! Le soleil t'a dérangé ? Que je perde toute ma journée ? Voyons, Jean, tu n'y penses pas ? Samedi, quand j'apporterai ma paye à la maison, en voyant qu'il manque trente sous, maman me battra peut-être... Et tu veux que j'attrape une nouvelle amende ?

M. Jean. — Viens, je te dis.

Frédérique. — Mais toi aussi, il faut que tu rentres à ton magasin... Toi aussi, tu auras de l'amende, si tu arrives en retard... Allons, Jeannot, ne laisse pas chanter plus longtemps ta bouilloire... Laisse tes rêves tranquilles... Tu vois, je ne t'en veux plus... Je ne fais pas davantage la méchante... Embrasse ta petite Fred, comme tu l'aimes... Et à ce soir...

M. Jean, *mettant les pouces dans les entournures de son gilet.* — Va travailler si tu veux... Moi, aujourd'hui, je me repose...

FRÉDÉRIQUE. — Comment?... Est-ce qu'on t'aurait mis à la porte ?

M. JEAN. — Accompagne-moi... Je t'expliquerai ensuite.

FRÉDÉRIQUE. — Oh ! mon Dieu... mon Dieu !... Je cède... Mais je t'adore trop. Je serai battue sûrement samedi...

Ils vont : ils entrent dans un bar où, moyennant quinze centimes, le consommateur a droit à une tasse de moka et un verre de fine champagne, tout cela authentique, naturellement. Ils s'asseoient.

M. JEAN. — Allons, Fred, ma petite Fred, ne fais pas tes yeux tristes... Dans deux minutes, tu seras à la rigolade.

FRÉDÉRIQUE. — J'en doute.

M. JEAN. — Ah ! vous, les femmes, vous n'avez pas de sang.

FRÉDÉRIQUE. — Tiens... Si tu veux recevoir à ma place les gifles que maman me donnera samedi !

M. JEAN. — Tu n'en auras pas.

FRÉDÉRIQUE. — Comment ?

M. JEAN. — Écoute... tu te souviens du cousin Ernest, mon cousin de la Glacière... dont je te parlais souvent...

FRÉDÉRIQUE. — Le gros qui était boucher ?

M. JEAN. — Oui, eh bien, il vient de mourir... et apprête-toi à recevoir un coup...

FRÉDÉRIQUE. — Dans l'œil ?...

M. JEAN. — Non... là, au cœur...

FRÉDÉRIQUE. — Je me prépare...

M. JEAN. — Eh bien !... Le cousin m'a fait son héritier...

FRÉDÉRIQUE. — Ah ! Des feux de Bengale !... Passez-m'en que j'illumine... Tu hérites ? Et de combien ?

M. JEAN. — De vingt mille francs, tu entends, vingt mille beaux francs qui vont tomber dans les poches à Bibi.

FRÉDÉRIQUE. — Ça n'est pas possible !...

M. JEAN. — Si, madame la duchesse. Il
est mort hier ; on a ouvert le testament ce
matin. C'est pour ça que tu ne m'as pas vu.
Hein ? Il ne faut pas que Rothschild fasse le
malin avec nous, maintenant ?

FRÉDÉRIQUE. — On est des capitalistes ! Et
à la hauteur !

M. JEAN. — Je vais acheter le petit fonds
dont je t'ai parlé... Nous nous marions...
Personne ne te battra plus.

FRÉDÉRIQUE. — Oh ! c'est trop beau... c'est
trop beau !...

M. JEAN. — Tu nous vois installés, en pa-
trons, toi à la caisse, moi recevant la pratique. Nous en ferons des affaires ! Dans
cinq ans, nous louerons quelque chose de
bien à la campagne. Nous irons le samedi
soir, nous ne reviendrons que le lundi matin.

FRÉDÉRIQUE. — J'aurai des poules

M. Jean. — Et un chien, un gros chien...

Frédérique. — On l'appellera Ernest, en souvenir du cousin. Ça ne fait rien, c'était un brave homme, celui-là. D'ailleurs, on le devinait rien qu'à le voir.

M. Jean. — Il avait un bon ventre.

Frédérique. — Je ne peux pas croire encore à tant de bonheur.

M. Jean. — Il le faut. J'ai vu les papiers. D'ailleurs le cousin n'avait plus que moi comme parent. C'est bien juste que j'hérite.

Frédérique. — Tu t'y attendais?

M. Jean. — Non, je croyais qu'il mangeait tout ce qu'il gagnait.

Frédérique. — C'est tout de même chic de sa part de ne l'avoir pas fait.

M. Jean. — Veux-tu encore un petit verre?

Frédérique. — Certainement.

M. Jean. — Tu comprends qu'aujourd'hui nous ne pouvons pas travailler.

FRÉDÉRIQUE. — Si je le comprends Où !
va-t-on aller?

M. JEAN. — Au Jardin des Plantes... On
donnera du pain à l'ours... On prendra une
voiture...

FRÉDÉRIQUE. — Une voiture... Comme des
ministres alors?

M. JEAN. — Comme des ambassadeurs.

> M. Jean hèle un fiacre.
> Les deux jeunes gens montent dans la voi-
> ture qui démarre.

FRÉDÉRIQUE. — Tu ne te trouves pas
changé?

M. JEAN. — Si je me trouve plus léger: je
me sens plus d'aplomb...

FRÉDÉRIQUE, *montrant une maison.* — Dire
que voilà l'endroit où je travaille! Quand je
pense qu'il y en a d'assez malheureuses pour
tirer l'aiguille en ce moment... (*Très sérieuse et allongeant les jambes.*) Mon cher,

j'ai toujours dit que nous étions nés pour avoir de la fortune.

M. JEAN, *allongeant les jambes comme Frédérique*. — En voilà la preuve !

Il allume un cigare qu'il a payé un franc un énorme cigare, entouré d'une bague.

FRÉDÉRIQUE. — C'est au cigare qu'on reconnaît les hommes riches !

DEUX HEURES DE L'APRÈS-MIDI

PANACHE !

A Longchamps, un jour de courses. Au pe-
sage. On vient d'afficher les partants de « la
première ».

MADAME REEDY, *trente ans, blonde, l'air
pincé et volontiers hargneux.* — Qu'est-ce
que tu vas jouer ?

M. REEDY, *trente-cinq ans, cheveux rares,
moustache mince, grosse jumelle au côté.*
— Sais pas... Perplexe comme le père Plexe
lui-même...

Madame Reedy. — Tu as de l'esprit aujourd'hui… Prends garde… Ça va te porter la guigne…

M. Reedy. — Ne prononce jamais un mot pareil… Nous serions nettoyés… (*Pour conjurer le sort, il fait les cornes à la manière italienne.*) J'ai beau consulter le programme… Je ne vois rien… rien que des têtards… un lot de jeunes enfants qui à part des bêtises, n'ont jamais rien fait… Nénesse II, Marcassin, Le Vieux Marcheur, Flageolet, Ranavalo… Si je jouais, ce serait encore Ranavalo qui me tirerait l'œil…

Madame Reedy. — Et Nénesse II ?

M. Reedy. — Claqué, fini… Tu l'as vu à Maisons ?

Madame Reedy. — Moi, je ne sais pas pourquoi, j'ai comme le pressentiment qu'il gagnera aujourd'hui.

M. Reedy. — Ah ! Tes pressentiments !

Madame Reedy. — Ils valent bien les tiens.

M. REEDY. — Non, pour moi, c'est Ranavalo qui arrivera.

MADAME REEDY. — Jamais de la vie !

M. REEDY, *à un ami qui passe*. — Qu'est-ce que vous pensez de Ranavalo ?

L'AMI. — Il gagne. C'est couru.

MADAME REEDY. — Il y a un coup, alors !... Il y a un coup !...

M. REEDY, *à l'ami*. — Et Nénesse II ?

L'AMI. — Dans les choux.

M. REEDY, *à sa femme, d'un air de triomphe*. — Tu vois ?

MADAME REEDY, *piquée*. — Ce monsieur a peut-être raison... Mais moi, je jouerais Nénesse, quand même !

M. REEDY. — Mais non... Il est trop chargé...

MADAME REEDY, *regardant le programme*. — Oui, il a sa claque...

M. REEDY. — Et puis, ses jambes...

MADAME REEDY. — Oh! ça!... Il a des

jambes!... Il flageole tout le temps... Je me demande pourquoi on n'invente pas des béquilles pour chevaux.

M. REEDY. —Les vétérinaires ressemblent aux médecins; ils ne trouvent jamais rien de neuf... Enfin, si tu veux m'en croire, nous ne mettrons pas seulement un petit Roty en or sur les canards...

MADAME REEDY. — Ah! zut! Une course où l'on ne joue pas!... J'aime mieux m'en aller.

M. REEDY. — Ecoute, Mimi, c'est la première... Nous avons bien le temps... Je ponterai plus cher dans les autres...

MADAME REEDY. — Mets tout de même quelque chose sur Nénesse.

M. REEDY. — Non. Autant prendre un louis, aller jusqu'à la Seine et le jeter dedans... On aurait plus de chances de le retrouver. Suppose qu'un poisson l'avale?...

MADAME REEDY. — J'ai appris ça, autrefois, à la pension.

M. REEDY. — Moi, au lycée. C'était un roi qui retrouvait son anneau d'or dans le ventre d'une carpe...

MADAME REEDY. — Elle avait de l'estomac, la carpe !

M. REEDY. — Son père était sans doute bijoutier... L'atavisme... Mais cessons de plaisanter... Tends l'oreille... Une sonnerie !... Les chevaux sont partis...

MADAME REEDY. — Donne ta jumelle que je voie où se trouve Nénesse.

Elle lorgne.

M. REEDY. — Eh bien, qu'est-ce qu'elles aperçoivent, tes mirettes ? Où est-il, ton favori ?

MADAME REEDY. — A la queue... Il fait le page... A cinquante longueurs derrière le peloton... Oh ! fils de la compagne du bœuf, va ! Jamais il ne gagnera...

M. REEDY. — J'en étais bien sûr...

Mᴀᴅᴀᴍᴇ Rᴇᴇᴅʏ. — Tiens, voilà ta jumelle. C' qu'il m'exaspère, ce canasson-là !

M. Rᴇᴇᴅʏ. — Je t'ai dit qu'on ne devait jamais jouer dans la première course. On est toujours floué.

Mᴀᴅᴀᴍᴇ Rᴇᴇᴅʏ. — Oui... Bien parlé, bébé.

> Tout à coup, des cris : « Nénesse II ! Nénesse II ! Comme il veut ! Nénesse gagne ! » Nénesse arrive au poteau avec dix longueurs ; il arrive, en se promenant.

Mᴀᴅᴀᴍᴇ Rᴇᴇᴅʏ, *désespérée.* — Nénesse... C'est Nénesse ! (*Furieuse. A son mari.*) Hein ? Te l'ai-je assez chanté qu'il arriverait ?

M. Rᴇᴇᴅʏ, *morne.* — Heu... Heu...

Mᴀᴅᴀᴍᴇ Rᴇᴇᴅʏ. — Tu mettais seulement vingt-cinq louis... à cinquante contre un, tu vois la cagnotte ?

M. Rᴇᴇᴅʏ. — Nous empochions vingt-cinq mille francs.

Mᴀᴅᴀᴍᴇ Rᴇᴇᴅʏ. — Nous venons de perdre

vingt-cinq mille francs... Et tu restes là,
bouche bée, bien tranquille?... Tu trouves
ça drôle? Tu n'as pas d'émotion?...

M. REEDY. — Evidemment, si j'avais su...

MADAME REEDY. — Ce n'est pas faute que
je te l'aie dit, crié, corné aux oreilles !... Je
le sentais... C'était mon inspiration... Mais,
naturellement, écouter une femme...

M. REEDY. — Tu as convenu, toi-même,
qu'il était toujours dangereux de jouer dans
la première...

MADAME REEDY. — Parce que je te voyais
mou, hésitant, incapable de prendre une dé-
termination... Mais pourquoi ne pas jouer
aussi bien dans cette course que dans les
autres?

M. REEDY. — Je me réservais pour le han-
dicap... Mon ami Tourtel m'a donné un
tuyau...

MADAME REEDY. — Tourtel? Ah! les tuyaux
de Tourtel !

M. REEDY. — Il fait le sport dans un journal. Il est bien renseigné.

MADAME REEDY. — Tu y crois encore, toi, aux tuyaux des journalistes ? Tu ne sais pas que tous ces messieurs sont des blagueurs... Si le cheval devait arriver, ils ne te donneraient pas., pour l'avoir à plus grosse cote. (*Eclatant* :) Mais non, Tourtel a parlé !... Tourtel est un oracle... Tandis que moi je ne sais rien... Moi, tu ne daigneras jamais m'écouter... C'est la dixième fois, d'ailleurs, que tu passes ainsi au travers, par ta faute... Tu te rappelles, à Saint-Ouen, à Saint-Germain, à Auteuil ?... Je t'en ai donné des chevaux... Si tu avais suivi mes conseils, nous aurions au moins deux cent mille francs de bénéfices...

M. REEDY. — C'est bien malin ; la plupart du temps, tu veux prendre tous les chevaux qui sont dans la course. A moins d'une catastrophe imprévue, il faut toujours qu'il y en ait un qui arrive.

MADAME REEDY. — Fais-moi passer pour une idiote ! Fais-le !

M. REEDY. — Je ne vais pas si loin.

MADAME REEDY. — Assez. Donne-moi dix louis.

M. REEDY. — Pourquoi faire ?

MADAME REEDY. — Pour jouer à mon idée.

M. REEDY, *redoutant une nouvelle scène.* — Tiens, voici.

MADAME REEDY, *réfléchissant.* — Il y a encore cinq courses... Je jouerai chaque fois dix francs... Si je perds, il me restera cent cinquante francs ; je pourrai m'offrir une nouvelle robe...

M. REEDY. — A quoi penses-tu ?

MADAME REEDY. — A l'intelligence supérieure des hommes, mon ami.

UNE TOURNÉE

Une chambre de Tribunal Correctionnel. Au banc des prévenus, madame Fifine Finbois, une boulotte de trente ans, de mise et de mine quelconques ; à côté d'elle, monsieur Victor Brulart, un gaillard de même âge, aux cheveux frisés, à la moustache noire, d'une corpulence d'hercule. Le Président est en train d'interroger monsieur Ernest Finbois, un quadragénaire maigriot que l'huissier vient d'introduire dans la salle d'audience.

LE PRÉSIDENT, *désignant à Finbois madame Fifine et monsieur Victor.* — Vous reconnaissez bien, dans les personnes qui sont là, votre femme et son complice ?

FINBOIS. — Si je les reconnais !

LE PRÉSIDENT. — Racontez maintenant les faits au Tribunal.

FINBOIS. — Ben, mon président ! Voilà comment ça s'est passé. Je le déclare d'abord à la Justice... Je suis rémouleur de mon état... Et, sans me vanter, dans la partie, je suis avantageusement connu... Vous pouvez le demander à tout le monde... On vous répondra : « Finbois, c'est un homme qui s'entend à son métier. » Vous n'avez pas une paire de ciseaux, par hasard ?

LE PRÉSIDENT. — Pourquoi ?

FINBOIS. — Parce que si vous en aviez, et s'ils étaient en mauvais état, je vous montrerais comment je repasse. Ce serait gratis comme Batisse, d'ailleurs...

LE PRÉSIDENT. — Je vous préviens que vous vous mettez sous le coup de l'application de

la loi relative à la corruption des fonctionnaires... Si vous continuez sur ce ton, je
vous fais arrêter dans une minute.

FINBOIS. — Moi... arrêté ? Ah ! bien ! Ah !
bien... (*Désignant Brûlart.*) Et Victor
alors ? S'il vous proposait, lui, qui est raccommodeur, de remettre en état vos assiettes
et vos porcelaines, qu'est-ce que vous lui
feriez donc ? Peut-être bien que vous le con-
damneriez à mort ?... Il le mérite, d'ailleurs,
la crapule.

LE PRÉSIDENT. — Je vous ai dit de raconter
au Tribunal les faits qui motivent votre
plainte. Je ne vous ferai pas une nouvelle
observation. Si vous continuez, je vous envoie vous asseoir.

FINBOIS. — Je m'incline, mon président.
Je comprends bien que vous êtes comme
tout le monde... Que vous n'aimez pas à
perdre votre temps... Donc, puisqu'à cause
de la chose, faut conter... Je vais conter...

Vous allez d'ailleurs comprendre... Comme je suis rémouleur et que Victor est raccommodeur, on se rencontrait souvent. « Comment que ça va ? » que je lui demandais. « Tout à la douce », qu'il me répondait... « Et toi ? » — « Pas mal. » — « Et la Bourgeoise ? » — « Pas mal aussi. » Et qu'alors, on prenait des verres ensemble.

VICTOR. — C'était toujours moi qui régalais.

LE PRÉSIDENT, *à Victor*. — Taisez-vous.

VICTOR. — C'est que çà a son importance, mon président.

FINBOIS. — J'arrive donc au jour *(avec un soupir)*, ou plutôt à ce soir, malheureux, où j'en ai tant vu...

FIFINE FINBOIS, *énergiquement*. — C'est de ta faute...

FINBOIS . — Si on peut dire que c'est de ma faute !

LE PRÉSIDENT. — Voulez-vous dépêcher ?...

FINBOIS. — Je suis en plein dans l'histoire .. en plein... Donc, que si ce soir-là,
je n'étais pas passé rue Saint-Martin que
tout ça ne serait pas arrivé... parce que, ordinairement, je remontais par la rue du
Temple... Mais justement, j'avais rencontré
ma femme, cette dévergondée de Fifine,
qu'est là, assise devant vous... Pour avoir
des idées sur Victor, à c't'heure, j'crois qu'a
n'en avait pas... Seulement, elle a me dit : —
« Si on passait par la rue Saint-Martin ? —
«J'veux ben que j'y dis. » Ah! j'en ai eu
une idée! On n'avait pas fait vingt mètres
dans la rue Saint-Martin qu'on tombe sur
qui?... Sur c'te crapule de Victor.

VICTOR. — Je demande à être défendu,
mon président... Ah! si j'n'étais pas là, sur
les bancs des prévenus, c' que j' lui appli-
querais un marron, à Finbois.

FINBOIS, *haussant les épaules.* — C'est
peut-être pas la vérité ? Tu t'es peut-être pas

conduit comme une crapule? Vous allez en
juger, mon président... Pour lors que nous
voici avec Victor... Il offre une tournée...
(*Levant la main.*) Je mentirais devant Dieu
et devant les hommes si je ne déclarais pas
que Victor est offrant... Ça, y a rien à dire
sur lui, de ce côté là. « Quéq'tu veux
prendre? » C'est son mot.

VICTOR, *d'un ton convaincu.* — On ne fait
pas de mousse... Mais on sait se conduire...

FINBOIS. — Alors, on entre chez le bistro,
Fifine, Victor et moi, pour prendre une
petite bleue...

LE PRÉSIDENT. — Une bleue?

FINBOIS. — Une verte, si vous aimez
mieux... une absinthe, quoi!... Quand on a
fini, Victor dit : — « Si qu'on en reprendrait
une autre? » — « Je veux bien » que j'y dis.
On trinque, on fait rubis sur l'ongle. Et puis,
v'là Victor qui dit : « Si pour faire passer les
deux autres bleues, on en reprenait une

troisième ? » Je commençais à m'allumer :
« Je veux bien », que j'y dis. On trinque, on
fait encore rubis sur l'ongle ; alors, tendez
bien l'oreille, mon président, on arrive où
que la chose va mal tourner...

LE PRÉSIDENT. — Le tribunal est là pour
vous écouter. Il est inutile de lui demander
de l'attention.

FINBOIS. — Si ! parce que c'est là le trou-
blant... A ce moment-là, je vois Victor qui
regardait ma bourgeoise... avec des yeux...
Oh ! mais des yeux ! On aurait dit des becs
de gaz... Puis, il faisait la bouche en cœur et
c'étaient des « roucoules... roucouleras-
tu... » Un pigeon, monsieur le président...
Il avait l'air d'un pigeon en amour...

LE PRÉSIDENT. — Et votre femme, le regar-
dait-elle ?

FINBOIS. — Non, pas encore... Alors, v'là
Victor qui me dit : « Elle est gentille, ta
Fifine... T'as encore soif ? » — « Oui », que

je réponds. — « Eh bien, qu'i me dit, j'paye les quatre tournées si tu veux que je m'en aille avec ta femme. »

LE PRÉSIDENT. — A combien s'élevaient les frais ?

FINBOIS. — Douze verres à quatre sous... ça faisait quarante-huit sous... Deux sous au garçon... Deux francs cinquante net.

LE PRÉSIDENT. — Et qu'avez-vous répondu à ce moment-là ?

FINBOIS. — « Demande à ma Fifine. »

LE PRÉSIDENT. — Et votre femme, qu'est-ce qu'elle a fait ?

FINBOIS. — Elle s'est mise à regarder Victor... A son tour, elle a riboulé des yeux... « riboule, ribouleras-tu... » Elle a dit : « C'est un bel homme. Moi, je veux bien. »

LE PRÉSIDENT. — Et vous, qu'avez-vous répondu ?

FINBOIS. — Mon président, je tiens à le déclarer... Je suis un poivrot... Mais je suis

toujours *véridique*... J'ai toujours dit la
vérité... Je la dirai toujours... A ce moment-
là, j'ai répondu à Fifine : « Puisque j'ai encore envie de prendre une absinthe, et puisque t'as envie d'aller avec Victor... vas y. »

FIFINE, *exultant*. — Vous voyez... vous
vous voyez... qu'il a consenti.

VICTOR. — Qu'est-ce qu'il a à nous reprocher à présent?

FINBOIS. — Çà, c'est vrai... J'ai consenti...
mais j'étais saoul... Vous savez bien ce que
c'est, mon président?... Seulement, quand j'ai
eu bu ma quatrième absinthe, quand j'ai vu
Victor qui prenait le bras de ma femme, ça
m'a fait quelque chose... Puis, il y avait
des camarades qui blaguaient... J'ai eu la
honte... Vous savez aussi ce que c'est, mon
président?... Une supposition que vous auriez autorisé votre femme... Vous auriez
bien le droit de l'empêcher...

VICTOR. — Non... parce que Finbois ne dit

pas tout. Quand on a conclu l'affaire, j'ai tendu la main : « Tope », que j'ai fait. Il a topé, — « Chiche qui s'en dédit ? — que j'ai ajouté. — « Je ne m'en dédis point », qu'il a répondu. J'étais dans mon droit.

FIFINE. — Et moi aussi.

FINBOIS. — Alors, j'ai voulu prendre ma femme...

FIFINE, *à son mari*. — Et je n'ai pas voulu aller avec toi... T'avais conclu un marché... tu n'avais plus à te dédire...

FINBOIS. — Si.

FIFINE. — Non. (*Avec dégoût.*) Tiens, t'es pas un homme.

FINBOIS. — Alors, on est sorti...

LE PRÉSIDENT. — Et que s'est-il passé ?

FINBOIS. — J'ai continuée à vouloir emmener la bourgeoise... Mais Victor la défendait... Et tout à coup, il m'a laissé tomber une châtaigne sur l'œil... Pan ! deux kilos !.. Ah ! il a des poings solides, la frappe... Je suis resté une heure dans le ruisseau...

Victor. — C'est malheureux q'tu n'y soyes
pas resté toujours.

Finbois. — Mais, quand j'ai pu me relever,
je n'ai fait ni une, ni deux... je suis allé
chez le commissaire... (*Au président.*)
Faut vous dire que je suis bien avec mon
commissaire. C'est moi qui lui repasse
ses couteaux... Il était justement là... En
me voyant, il me demande : « Qu'est-
ce que tu as, Finbois ? » — « C' que j'ai ?
c' que j'ai ?... que j'y dis... J'ai, qu'en ce
moment-ci, je suis cocu. »

Le président. — Alors ?

Finbois. — Il s'est d'abord mis à rigoler...

Le président. — Ensuite il vous a accom-
pagné ?

Finbois. — Jusque chez Victor, mon président.

Le président. — Et là, on a constaté ?

Finbois. — Que Fifine et Victor folâtraient

sur le plumard... (*Avec force*). Je l'étais jusqu'à la garde, mon président.

Fifine, *haussant les épaules*. — Il ne l'était pas, puisque c'est lui qui l'avait voulu !

> Deux minutes après, le tribunal rend un jugement aux termes duquel Fifine et son complice sont condamnés à cinquante francs d'amende.

Victor. — Eh bien ! vrai, c'est cher !... Quand je pense que j'ai déjà payé deux francs cinquante de tournée.

Fifine, *regardant Victor amoureusement et rigolant*. — Ne dis donc rien. T'en as bien eu pour cent francs.

UN MANDAT-POSTE, S'IL VOUS PLAIT ?

Un bureau. Derrière des guichets et des grillages, des demoiselles et aussi des dames, les unes la plume à la main, les autres la plume à l'oreille ou dans les cheveux, travaillent pour la plus grande gloire de cette administration si bien française, dénommée Postes et Télégraphes.

M. Loire pénètre dans le bureau. M. Loire est un sexagénaire d'allure timide qui représente le type définitif du petit commerçant parisien, respectueux des traditions et strict observateur des réglements.

M. LOIRE, *s'adressant à une employée qui, derrière un guichet, contemple ses ongles avec une admiration profonde.* — Mademoiselle, je viens pour un mandat... (*L'employée ne lève même pas les yeux.*) Mademoiselle...

PREMIÈRE EMPLOYÉE, *montrant un écriteau.* — Vous ne voyez pas que le guichet est fermé ?

M. LOIRE, *avec un grand coup de chapeau.* — C'est vrai... Parfaitement,.. Je sais pourtant lire...

Il va à un autre guichet.

SECONDE EMPLOYÉE. — Qu'est-ce que vous désirez ?

M. LOIRE. — C'est pour un mandat...

SECONDE EMPLOYÉE. — Télégraphique ?

M. LOIRE. — Poste, mademoiselle, poste, simplement.

L'EMPLOYÉE. — Au guichet 6. C'est le télégraphe, ici.

M. Loire, *au guichet 6.* — Mademoiselle, je viens pour un mandat...

Troisième employée. — A toucher ?

M. Loire. — Non, un mandat que je voudrais envoyer.

L'employée. — Je suis là seulement pour payer. Voyez guichet 10.

M. Loire, *saluant de nouveau.* — Bien, Mademoiselle... Merci, merci de votre obligeance. Je n'ai pas l'habitude des bureaux de poste... Et alors, vous comprenez... (*Lisant les numéros :*) 7, 8, 9, 10... Ah ! j'y suis...

> Il s'avance jusqu'au guichet quand un garçon de banque en bel habit bleu le repousse du coude.

Le garçon de banque. — Faites donc attention, vous !

M. Loire. — C'est que je viens pour un mandat... Je suis un peu pressé...

3.

Le garçon. — Moi aussi... et ces Messieurs et dames de même...

> M. Loire regarde et s'aperçoit avec stupeur qu'avant lui doivent passer : Un deuxième garçon de banque, lequel lit gravement *Quatre-Vingt-Treize,* de Victor Hugo, une cocotte avec un petit chien sous le bras, une grosse dame en cheveux, un jeune soldat et le chasseur d'un restaurant.

M. Loire, *au chasseur.* — Il y a beaucoup de monde aujourd'hui.

Le chasseur. — C'est toujours comme ça !

La grosse dame. — Je vous demande si on ne pourrait pas mettre quelques guichets de plus !

M. Loire. — Certainement ; ainsi, moi, madame, j'envoie de l'argent à ma fille... à cause de l'enterrement.

La grosse dame. — On enterre votre fille ! Et vous lui envoyez de l'argent ?

M. Loire. — Non; c'est une cousine que j'ai perdue; il faut que ma fille, qui est en province, aille à l'enterrement; moi aussi d'ailleurs. Je prends le train tout à l'heure.

Le chasseur. — Vous aurez de la chance si vous le prenez!

> A ce moment, la quatrième employée, qui vient d'inscrire une dizaine de mandats, s'adresse au garçon de banque.

L'employée. — Ça fait cinq cent douze francs.

Le garçon. — Non, cinq cent deux.

> Une jolie petite discussion s'engage pendant laquelle l'employée et le garçon font, chacun de leur côté, des additions.

La grosse dame, *soufflant*. — Ah! nous avons le temps d'attendre!

M. Loire. — J'en ai peur; et ce qu'il y a de terrible dans mon cas, madame, c'est que si je manquais mon train, je ne pourrais pas assister à l'enterrement de ma cousine. Il n'y en a plus d'autres. J'arriverais vingt-quatre heures en retard.

> Cependant, l'employée et le garçon de banque ont fini par se mettre d'accord. Ce dernier s'en va tandis que l'employée interpelle l'autre garçon de banque plongé dans la lecture de *Quatre-Vingt-Treize*. Mais l'intérêt de l'œuvre de Victor Hugo est si puissant que l'homme à bicorne met un certain temps avant de s'apercevoir que c'est son tour. Enfin, il tend une liste de douze mandats.

LA GROSSE DAME. — Douze mandats ! Rien que ça ! Eh bien ! nous pouvons dormir.

M. LOIRE. — Je constate avec frayeur que, si je reste, je manquerai mon train.

> Il regarde d'un air stupide l'employée qui écrit et additionne furieusement. Pendant ce temps, le garçon de banque a repris froidement sa lecture.

L'EMPLOYÉE. — Ça fait 325 francs.

LE GARÇON DE BANQUE. — Non, 315.

> Le jeu des additions recommence, long, très
> long.

M. LOIRE. — Je suis calme de ma nature ; mais je commence à bouillir.

LA GROSSE DAME. — C'est une honte, monsieur, pour l'État d'avoir des bureaux pareils !... C'est une honte !

M. LOIRE. — Et si je manque mon train, je n'aurai même pas le droit de faire une réclamation !

LA GROSSE DAME. — Ça n'est pas la faute de l'employée... Elle se dépêche assez !

> Enfin le garçon de banque s'en va. Arrive le
> tour de la cocotte.

LA COCOTTE. — C'est mademoiselle Jane qui envoie... Jane, comme les Anglaises, 26, rue Pigalle.

> Mais la voix de la cocotte se trouve tout à
> coup couverte par les aboiements furieux
> du petit chien qu'elle porte sous le bras.
> Plus la cocotte veut parler haut, plus le
> chien aboie. L'intermède dure quelques
> minutes.

M. Loire. — C'est affreux... Je raterai mon train... Je raterai mon train...

La grosse dame. — Écoutez ; dans un cas pareil, il faut s'entr'aider. Je vous cède mon tour, et si M. le militaire et M. le chasseur veulent en faire autant ?

Le jeune soldat et le chasseur, *ensemble.* — Oui... Il faut bien s'entr'aider.

M. Loire, *exultant.* — Ah ! madame ! Ah ! messieurs ! Que de bonté ! Comme vous êtes aimables !

> Il se précipite au guichet devenu libre par
> suite du départ de la cocotte. Mais sou-
> dain il voit le guichet se fermer devant son
> nez.

L'EMPLOYÉE. — Cinq heures... Je ne reçois plus de mandats.

M. LOIRE. *suffoqué.* — Oh ! oh !

L'EMPLOYÉE. — Adressez-vous à côté, guichet 12.

> M. Loire contemple le guichet 12, devant lequel une dizaine de personnes stationnent en un groupe compact. Il comprend que jamais il ne pourra envoyer son mandat. Il entrevoit des trains qui filent et qu'il ne prendra jamais.

M. LOIRE, *avec un cri de colère.* — Et voilà pourquoi l'on a guillotiné Louis XVI et fondé la République !

LES DEUX CORDES DE L'ARC

Depuis de bien longues minutes, dans l'antichambre du Comic-Theatre, assise sur une
banquette, mademoiselle Lily Defer attend
le moment où elle pénétrera dans le cabinet directorial. Elle a vingt-cinq ans. Le
visage est d'une teinte terreuse. Des rides,
provoquées par l'abus du maquillage, se
dessinent au front et au coin des yeux.
Les lèvres minces ont une expression dou-
loureuse.
Un garçon, aux airs importants, s'approche
enfin de l'artiste.

LE GARÇON. — C'est à votre tour.

Il fait signe à mademoiselle Lily Defer de le suivre il ouvre une porte. L'artiste entre dans un bureau tapissé d'affiches où trône un gros homme, au masque bouffi de graisse, Sa Majesté le Directeur.

LE DIRECTEUR. — Bonjour, mademoiselle. Vous désirez ?

L'ARTISTE, *avec embarras*. — Je viens, monsieur, parce que je sais que vous allez jouer une pièce nouvelle... Alors, si par hasard... D'ailleurs j'ai une lettre de M. Martinval...

LE DIRECTEUR. — Martinval... Le critique ?

L'ARTISTE. — Oui.

LE DIRECTEUR. — Donnez. (*Il prend la lettre, la parcourt.*) Des lettres pareilles, Martinval m'en envoie au moins deux ou trois par semaine... Si j'engageais tous les artistes qu'il me recommande, il n'y aurait jamais assez de places dans mon théâtre, non seulement pour les faire jouer, mais même pour les loger. Et puis, ma troupe est au complet. Vous arrivez trop tard, bien trop tard !

L'ARTISTE. — C'est que... on m'avait dit... Le régisseur...

LE DIRECTEUR. — Quel régisseur ? Le mien ?

L'ARTISTE. — Non, celui des Bouffes.

LE DIRECTEUR. — De quoi se mêle-t-il, celui-là ? Est-ce qu'il connaît mon tableau de troupe ? Est-ce que je le consulte pour mes engagements ? Qu'il s'occupe donc de son théâtre... je ne m'occupe pas du sien...

L'ARTISTE. — Enfin, peut-être pour doubler quelqu'un, aurais-je pu...

LE DIRECTEUR. — Où avez-vous déjà joué ?

L'ARTISTE. — A Lyon, à Marseille, à Bruxelles... J'ai eu beaucoup de succès à Bruxelles... Vous connaissez peut-être mon nom... Mademoiselle Lily Defer ?

LE DIRECTEUR. — Pas du tout ; vous arri-

vez de province et de l'étranger. Et vous
vous imaginez que j'attends les artistes de
province pour renforcer ma troupe ?... Vous
ne savez donc pas que le *Comic-Théatre* est
très parisien, que je suis très parisien et que
je veux que mes artistes soient tous très parisiens ? Qu'est-ce que vous chantez ?

L'ARTISTE. — Les jeunes premières comi-
ques.

LE DIRECTEUR, *s'esclaffant*. — Vous... avec
votre tête ? Vous avez l'air d'une tragé-
dienne... Vous me diriez que vous voulez
doubler madame Tessandier, je vous com-
prendrais. Mais une comique ! Faites une
grimace... (*Elle grimace.*) Parfait ! Vous
êtes gaie comme un croque-mort...

L'ARTISTE, *désolée*. — Alors, monsieur...

LE DIRECTEUR. — Retournez en province...
Vous en avez l'habitude, ça vaudra mieux
pour vous. A Paris, nous avons déjà trop
d'artistes... Toute la journée, j'en reçois qui

viennent me faire des demandes pareilles à celle que vous m'adressez... Et cependant, eux, ils ont chanté sur des théâtres parisiens ; ils sont connus... Et ils ne trouvent pas d'emploi !

L'artiste. — Oui, je sais bien...

Le directeur. — Quel besoin avez-vous de vouloir rester ici ? A l'étranger, qu'est-ce que vous gagnez ?

L'artiste. — La dernière fois, à Bruxelles, j'avais cinq cents francs par mois.

Le directeur. — C'est très beau... Jamais je ne vous donnerai une pareille somme.

L'artiste. — Oh ! évidemment ; mais c'est qu'il m'est difficile de voyager maintenant.

Le directeur. — Vous craignez les accidents de chemin de fer ?

L'artiste. — Non, c'est à cause de maman. Elle vit avec moi. Jusqu'ici elle se portait bien ; mais il y a trois semaines, elle a été

frappée d'une attaque d'hémiplégie. Elle a le
côté droit du corps complètement paralysé.
Je ne peux plus la laisser seule ; et vous devez comprendre, il m'est impossible de l'emmener avec moi, si je dois changer de ville
souvent.

Le directeur. — Certainement ; c'est ennuyeux. Mais quoi ! beaucoup d'artistes ont
des malades à soigner. Les unes, c'est leur
mère ; d'autres, leurs maris... D'autres encore, des oncles ou des cousins... J'en connais une qui joue ici et qui a manqué pendant trois jours aux répétitions parce que
son chien toussait... Si je devais entrer dans
toutes ces considérations d'ordre privé, j'arriverais, moi aussi, au bout de peu de temps,
à devenir souffrant... Une bonne fièvre ty-
phoïde... et aïe donc !

L'artiste. — Alors, vous ne voyez rien
pour moi ?

Le directeur. — Rien du tout.

L'ARTISTE, *faisant un pas vers la porte.* —
Ah! quel métier!

LE DIRECTEUR. — Il ne faut pas vous dé-
soler. Un jour ou l'autre, vous trouverez
peut-être une occasion...

L'ARTISTE. — Ah! bien, oui! Ça doit être
plus commode de gagner le gros lot...
(*Avec un soupir.*) Si j'avais su, comme j'aurais suivi les conseils de papa!...

LE DIRECTEUR. — Il ne voulait pas vous
voir entrer au théâtre?

L'ARTISTE. — En effet.

LE DIRECTEUR. — Il était dans le commerce?

L'ARTISTE. — Non, il dirigeait un cirque. Et,
vous saisissez? il m'avait appris à faire des
tours... J'étais très forte... Il était enchanté
de moi... Je serais devenue une gymnasiarque
étonnante... Malheureusement, j'avais de la
voix... Maman qui était ambitieuse, m'a
poussée au théâtre... J'ai bien travaillé!

LE DIRECTEUR, *les yeux soudainement al-*

lumés. — Attendez donc ! Attendez donc !...
Est-ce que vous êtes encore capable de faire
de la barre fixe ?

L'artiste. — Oh ! oui, peut-être pas aussi
bien que dans le temps... Mais je suis res-
tée souple... et en travaillant pendant une
semaine ou deux...

Le directeur, *se tenant le front comme
s'il venait de concevoir une idée géniale.* —
Attendez donc ! Attendez donc ! Peut-être
pourrions-nous nous arranger .. La pièce
que nous répétons, contient un acte qui se
passe dans un cirque... A cet acte, il y a un
joli rôle de travesti... un très joli rôle....
Vous n'avez rien à dire, mais vous avez un
superbe costume de clownesse... un costume tout noir avec un chat tout rouge dans
le dos... C'est gracieux, ça, hein ?... A un
moment donné vous faites de la barre fixe...
(*Radieux.*) Vous pouvez rester quelques
instants, la tête en bas ?

L'ARTISTE. — Oui.

LE DIRECTEUR. — Eh bien : Je demanderai
aux auteurs de vous donner un petit couplet... Vous le chanterez, à ce moment-là.
Hein ? En voilà un clou... Ce sera extraordinaire. On vous voit pendue, vous retenant
par les jarrets à la barre, et tout à coup vous
entonnez votre air... C'est un clou... un vrai
clou !... Il n'en faut pas davantage pour
faire pâmer les spectateurs... Qu'est-ce que
vous dites de ma proposition ?

L'ARTISTE. — Mon Dieu ! J'aurais préféré
qu'on me vît debout... Mais enfin...

LE DIRECTEUR. — Vous n'y entendez rien...
tout le monde chante debout... On ne trouve
pas une femme sur cent qui chante la tête
en bas. Eh bien, vous pouvez remercier votre
papa...

L'ARTISTE. — Il est mort.

LE DIRECTEUR. — Ça ne fait rien... Remer-
ciez-le tout de même... Ce fut un homme

4.

bien intelligent... Il a mis deux cordes à
votre arc...

L'ARTISTE. — Et ce n'est pas avec celle
que je croyais la bonne que je m'en tirerai
peut-être...

LE DIRECTEUR. — Il en va toujours ainsi.
Regardez-moi. Je voulais être magistrat,
avoir une existence rangée, très probe, ne
connaître le papier timbré que lorsque je
l'enverrais à des inculpés... Eh bien, je suis
devenu directeur de théâtre ; j'ai été saisi à
chaque minute... J'ai fait trois fois faillite...
Et c'est depuis lors que je suis arrivé à une
honnête aisance...

L'AVEUGLE ET LA PARALYTIQUE

Le parvis d'une église mondaine. De chaque
côté d'une porte basse, une mendiante : la
première, très grasse, l'air accablé propre
aux paralytiques, s'appuie sur une béquille. La seconde, une triste face d'aveugle
morne, agite sans cesse un gobelet en
étain dans lequel sonnaillent des sous.
Une dame passe et met de la monnaie dans
la main de la paralytique. Une autre dame
se montre aussi généreuse vis-à-vis de
l'aveugle.

LES DEUX MENDIANTES. — Merci bien, mes
bonnes dames !... Que le bon Dieu vous le
rende !

Un silence. Personne ne passe plus. Au bout
de vingt minutes, la première mendiante
s'agite.

LA PREMIÈRE MENDIANTE. — Dites donc,
Madame Jean ?

LA SECONDE MENDIANTE. — Quoi donc, Madame Joseph ?

MADAME JEAN. — Est-ce que vous restez
encore longtemps ? *A c't' heure-ci,* je crois
qu'il ne viendra plus personne.

MADAME JOSEPH. — Vous avez raison, Madame Jean ; si on partait ?

MADAME JEAN. — C'est justement ce que je
me disais... Faut remonter à Belleville... et
il y en a une course, d'ici Belleville !

Les deux mendiantes descendent les marches
du parvis. L'aveugle tient le tablier de la
paralytique, laquelle appuyée sur sa béquille, ressemble à un crapaud sautillant.
Elles vont d'abord par de grandes et belles
rues, faisant retourner les âmes charitables

qui leur donnent encore discrètement
leur obole.

Puis les voici dans une rue sombre, aux
passants rares.

MADAME JEAN. — Dites donc, Madame Joseph, est-ce que vous êtes contente de votre
journée?

MADAME JOSEPH, *défiante.* — J'ai pas
compté, aujourd'hui, Madame Jean. Mais je
crois que ce mois-ci sera meilleur que le
mois dernier.

MADAME JEAN. — A cause des baptêmes...
Y en a eu des baptêmes!... Et puis, aujour-
d'hui, le vieux monsieur, qui prie toujours
pour sa fille qu'a mal tourné, qu'est en Amé-
rique, est venu à l'église... Il m'a donné
cent sous...

MADAME JOSEPH. — C'est comme la baronne
qui fait dire des messes pour le repos de
l'âme de son pauvre mari!... Elle m'en a
donné autant...

4.

MADAME JEAN. — C'est de bien braves gens, voyez-vous, tout ce monde-là, madame Joseph. Ceux qui meurent de faim à Paris, c'est qu'ils le veulent bien. Ainsi, moi, je ne pouvais plus faire de ménages. J'ai rencontré monsieur le suisse qui m'a dit de venir au parvis : eh bien! depuis ce temps-là, je n'ai jamais été aussi tranquille.

MADAME JOSEPH. — C'est mon cas, madame Jean.

MADAME JEAN. — Il y en a de plus heureux que nous : mais il y en a aussi de plus malheureux. Et vos yeux, comment qu'ils vont ?

MADAME JOSEPH. — Le matin, pas trop bien; mais le soir, je peux les tenir ouverts, tant que ça me plaît. Mais on s'ennuie toute seule dans sa chambre; autrefois, j'allais au théâtre; maintenant je lis des feuilletons jusqu'au petit jour. C'est pour ça, je crois, que les yeux me piquent et que je peux les garder fermés toute la sainte journée. Et vous, votre côté !

MADAME JEAN, — Ma paralysie ? Je ne m'en ressens plus.., depuis que ce bon monsieur le curé m'a envoyé à l'hôpital où qu'on m'a soigné à l'élec... l'électricité. Seulement, je suis toujours obligée de conserver ma béquille à cause du monde.

MADAME JOSEPH. — Ah! que c'est bien vrai! Une supposition que vous n'auriez plus votre béquille... et que moi, je ne tiendrais pas les yeux fermés, on ne nous donnerait plus rien.

MADAME JEAN — Et pourtant, on ne serait pas plus riche! (*S'arrêtant tout à coup devant un petit bar dont la banne porte ces mots magiques : Pernod à 20 centimes*), Est-ce que vous êtes pressée, madame Joseph?

MADAME JOSEPH, *riant*. — Ah! je vous vois venir, madame Jean! Vous allez encore me tenter?

MADAME JEAN. — Depuis ce matin qu'on est sur ses jambes ! Une petite bleue ça nous donnera du cœur,

MADAME JOSEPH. — Vous êtes le serpent et toutes ses pompes, madame Joseph !

> Les deux femmes entrent délibérément dans le bar; elles s'asseoient à une table, commandent deux absinthes qu'elles avalent, en deux traits, comme des pompiers.

MADAME JEAN. — Ça fait du bien par où ça passe...

MADAME JOSEPH. — Une politesse en vaut une autre, madame Jean. A présent, c'est ma tournée.

> Elle commande deux absinthes. Celles-ci sont bues plus lentement.

MADAME JEAN. — Si, maintenant, je comptais ce que j'ai fait aujourd'hui ?

MADAME JOSEPH. — Et moi aussi ?

Toutes les deux, sur leurs genoux, en lançant des regards à droite et à gauche, pour s'assurer qu'on ne les surveille pas, comptent lentement des sous et des pièces blanches.

MADAME JEAN. — J'ai gagné près de quinze francs.

MADAME JOSEPH. — Moi itou... C'est mon plus beau jour, à part Pâques et la première communion.

MADAME JEAN. — Comme moi... (*Très allumée.*) Voilà vraiment une bonne journée!... Madame Joseph, qu'est-ce que vous faites, ce soir?

MADAME JOSEPH. — Rien, ma bonne... à part que je lirai mes feuilletons...

MADAME JEAN. — Qu'est-ce que vous diriez, si je vous emmenais dîner chez moi ! J'achèterais du saucisson, un demi-poulet, du fromage... et deux bouteilles de vin, du cacheté... Vous verrez, mon épicier en a!... C'est chaud!... Ensuite, on a des forces!

MADAME JOSEPH. — Vous me tentez encore madame Jean? Je serai obligée demain de me confesser,

MADAME JEAN. — Et si, pour une fois, nous allions au théâtre?

MADAME JOSEPH, *joignant les mains.* — Au théâtre! Ah! Seigneur Dieu! Mais c'est donc que vous voulez ma perdition?

MADAME JEAN. — Ecoutez, ma chère, on joue en ce moment un drame si beau que la concierge d'à côté de chez moi, elle en pleurait hier encore, tant elle a eu d'émotion, C'est une histoire d'amour... avec une princesse qu'est enlevée par un grand seigneur... Et qu'on voit là-dedans un monsieur Albert qui fait le roi!,..

MADAME JOSEPH. — J'ai vu son nom sur des affiches.

MADAME JEAN. — C'est celui-là.

MADAME JOSEPH. — On m'a dit qu'il était très beau garçon... Et qu'il joue avec un cœur!

(*Minaudant :*) C'est si intéressant un jeune homme qui joue un roi avec un physique séduisant!... Parce que moi, madame Jean, je vous dirai que je n'ai jamais pu voir au théâtre un roi qu'était vieux. Pour moi, ça devient alors un homme comme un autre.

MADAME JEAN. — Je suis toute pareille à vous, madame Joseph. Alors, c'est entendu... qu'on dîne ensemble? Moi, j'offre le dîner. Vous, vous payez le théâtre?

MADAME JOSEPH. — Oui, ma bonne. (*Minaudant de plus en plus :*) Mais vous me débauchez... vous me débauchez...Qu'est-ce qu'en pensera mon confesseur?

> Elle finit de boire son pernod. Les deux femmes sortent du bar. Madame Jean porte sa béquille sous le bras; madame Joseph écarquille des yeux qui luisent comme des phares.
> Soudain un homme hâve, aux prunelles phosphorescentes, aux vêtements minables d'un

employé qui crève de misère, se dresse devant elles.

L'HOMME, *d'une voix sourde*. — Donnez-moi, je vous en prie, quelque chose... J'ai pas mangé depuis hier et les petits meurent de faim à la maison.

MADAME JOSEPH. — Mais, certainement, mon pauvre homme...

MADAME JEAN. — Certainement.

Elles mettent, chacune, deux sous dans la main de l'homme.

MADAME JEAN, *avec un soupir*. — Il y a tout de même bien de la misère, à Paris!

ON DINERA A SEPT HEURES

L'antichambre de la dernière maison où l'on dîne.

Un valet de chambre, très en habit, et culotte courte, reçoit le comte des Andelys, un jeune hobereau de province qui vient d'atteindre sa majorité et se lance dans le monde parisien.

DES ANDELYS. — On est à table?

LE VALET DE CHAMBRE, *avec une certaine ironie*. — Non, monsieur... pas encore...

DES ANDELYS. — Ah! tant mieux!

5

Il respire avec satisfaction, retire son pardessus qu'il donne au domestique, ferme
son claque ; et, après avoir constaté que ses
gants sont impeccablement blancs, il péné-
tre dans le salon dont le valet de chambre
a ouvert la porte.

DES ANDELYS, *très étonné.* — Comment ! Il
n'y a personne ? (*Il regarde à droite et à
gauche et constate de nouveau qu'en effet il
est tout seul.*) Me serais-je trompé ? (*Il tire
de sa poche le carton qui le convie à dîner.*)
Non... Ce carton me certifie que le 2 juin,
la baronne de la Tournelle me prie à dîner
pour sept heures. Je suis chez la baronne, le
2 juin, à sept heures... Mais la baronne n'est
pas là... Et ses autres invités, car il y en a
sûrement d'autres, sont absents aussi. Mystère de la vie parisienne ! Moi qui me suis
tellement hâté ! Moi qui ai dit à mon coif-
feur : « Coupez-moi, mais rasez-moi vite ! »
Et j'y songe !... Moi, qui ai eu, avec Irma,

une scène !... Irma, l'enfant brune, qui née
dans le demi-monde, a consenti à y rester,
prévoyant sans doute qu'elle me rencontre-
rait un jour ! Que me disait-elle cependant ?
« Ne te dépêche pas, tu as toujours le temps
d'arriver. » Je n'ai pas voulu la croire...
Nous nous sommes quittés après un échange
de mots désagréables. Le dernier qu'elle m'a
lancé était, s'appliquant à ma personne :
« Abruti ». Vocable charmant dans son espiè-
glerie, mais qui dénote que ma chère Irma
est bien mieux que moi au courant des usages
mondains. Je lui dois des excuses. Je les lui
présenterai sous la forme d'une bague que
je connais et dont elle a grande envie.

Mélancolique, il attend. Les minutes coulent.
   Comme l'attente devient trop longue, Des
Andelys fait le tour du salon, en regardant
avec intérêt des portraits de personnages
en perruque, morts d'ailleurs depuis longtemps.

Enfin, une porte s'ouvre, et la baronne de la
Tournelle apparaît, dans la robe décolletée
des soirs de grande réception.

MADAME DE LA TOURNELLE. — Comment !
mon cher comte, vous étiez déjà là !

DES ANDELYS, *très bête*. — Mais oui... mais
oui...

MADAME DE LA TOURNELLE. — Je suis allée au
Bois... Il faisait si bon que je me suis attar-
dée !... Puis, le temps de m'habiller !.... A
Paris, on est toujours en retard.

DES ANDELYS. — Il n'y a pas bien longtemps que je suis ici... mais je commence à
m'en apercevoir.

MADAME DE EA TOURNELLE. — C'est terrible,
notre existence... Terrible !... Et vos parents, comment vont-ils ?

On cause. Sept heures et demie sonnent. Un
invité est introduit.

MADAME DE LA TOURNELLE, *à l'invité*. — Ah !
mon cher général !

LE GÉNÉRAL. — Je ne suis pas en retard ?

MADAME DE LA TOURNELLE. — Mais non, général, mais non... Au contraire, vous êtes très en avance.

LE GÉNÉRAL. — L'invitation était pour sept heures.

MADAME DE LA TOURNELLE. — Oui, mais vous savez bien... à Paris !

LE GÉNÉRAL. — Je suis allé au Bois... Il faisait si bon que je ne pouvais me décider à rentrer.

MADAME DE LA TOURNELLE. — Vous étiez au Bois ? Je ne vous ai pas vu ?

LE GÉNÉRAL. — Je galopais dans les allées latérales... les petites... celles où l'on respire...

De nouveau, la porte s'ouvre. Un ménage entre. Deux jeunes mariés, très gentils.

LES JEUNES MARIÉS. — Nous ne sommes pas trop en retard ?

MADAME DE LA TOURNELLE. — Mais non...
J'ai ce soir à dîner M. Deroys, le ministre
des affaires étrangères... Et il paraît qu'il y
a aujourd'hui une séance à la Chambre...

LE GÉNÉRAL. — Une séance très importante... On discute à coups de poings...
C'est encore loin d'être fini...

MADAME DE LA TOURNELLE. — Mon Dieu !
vous me faites peur !... A quelle heure dîne-
rons-nous ?

DES ANDELYS, *morne et songeant.* — Oui, à
quelle heure ?

> Peu à peu, le salon se remplit. Des mains
> masculines se serrent. « Bonsoir, cher !
> Vous allez toujours bien ? » Des voix fémi-
> nines susurrent : « Oh ! chère amie ! quel
> plaisir de vous voir ! Etiez-vous à la soirée
> de madame Des Bois ? »
> Et toujours, et toujours d'autres invités arri-
> vent.

DES ANDELYS, *dans un coin, morne et son-*

geur. — Huit heures viennent de sonner. Et, spectacle admirable ! tous ces gens n'ont pas l'air de se douter qu'ils sont priés à dîner. Aucun d'eux ne se plaint ; aucun d'eux ne bâille. On dirait qu'ils viennent tous de se lever. Enfin !... peut-être souperons-nous demain ou un autre soir... très tard... dans l'avenir !

> Un grand brouhaha ; entrée froufroutante d'une dame très peinte et très fardée, la Béauté à la mode, celle qui se fait un devoir d'arriver la dernière, afin de faire sensation.

LA BEAUTÉ, *se précipitant vers madame de la Tournelle*. — Oh ! baronne... Je suis désolée... Je dois être la dernière !...

MADAME DE LA TOURNELLE. — Pas du tout... pas du tout...

LA BEAUTÉ, *vexée*. — Ah ! (*S'excusant.*) Je serais ici depuis longtemps... Mais ma couturière m'a manqué de parole.

Madame de la Tournelle, *sur un ton de profonde admiration*. — Elle n'a pas manqué votre robe... Elle est ravissante.

La beauté. — Oh! ma chère, que je suis contente de votre compliment! Venant de vous, j'en sais la valeur.

> Huit et quart. — On distribue les cartons qui indiquent aux gentlemen les noms des dames auxquelles ils devront offrir le bras. Cependant les invités, peu à peu, commencent à regarder la pendule. Quelques visages d'hommes se font sévères, puis grincheux. Derrière des éventails, des bâillements s'étouffent.

Un invité. — Quand va-t-on passer à la salle à manger?

Autre invité. — On devrait y être depuis une heure!

Autre invité. — C'est ridicule, cette mode... Je déjeune à onze heures du matin. Mon estomac crie comme la bouche d'un petit enfant.

Des Andelys, *songeant*. — Tout de même, on commence à manifester… Quand je pense qu'en province les invités arrivent toujours deux heures au moins à l'avance !

Madame de la Tournelle, *à ses invités*. — Je suis désolée de vous faire attendre si long-temps… Mais vous savez que j'ai le ministre des affaires étrangères. Et il paraît qu'il y a à la Chambre une séance qui n'en finit pas…

A ce moment, un domestique entre, et à voix basse, dit quelques mots à la baronne.

Madame de la Tournelle. — Oh ! mon Dieu !

Les invités. — Quoi donc ?

Madame de la Tournelle. — Le ministère est renversé… Le ministre des affaires étran-gères ne peut pas venir.

Les invités, *in petto*. — Et c'est pour cela que nous allons nous mettre à table à neuf heures moins un quart… que nous mange-rons un dîner qui ne vaudra rien !

5.

Des Andelys, *philosophe.* — Maintenant, je sais comment se passent les dîners dans le monde... La prochaine fois, j'apporterai des sandwichs..

SUCCÈS ! SUCCÈS !

En été. Dans les coulisses d'un café-concert
   aux Champs-Élysées:

Mademoiselle Bébé, une jeune personne de
   dix-sept ans, est là, prête à entrer en scène.
   Magré sa jeunesse et le maquillage, elle
   semble un peu fanée. Seuls, les immenses
   yeux noirs ont de la beauté. Ils luisent
   sous un chapeau énorme, garni de plumes
   qui se dressent dans les airs, pareilles à
   autant de petites Tours Eiffel. Corsage
   dégagé, laissant voir presque la moitié de
   la poitrine. Jupe échancrée sur le côté;
   par l'échancrure, on aperçoit le rose du

maillot. Bottines haut montantes, avec des talons qui ressemblent à des échasses.

En un mot, le type divin de la chanteuse qui représente les « Ohé ! Ohé ! » de cafés-concerts, type bien français, vraiment national, qui ne disparaîtra qu'au jour du Jugement dernier.

Mademoiselle Bébé cause avec le régisseur.

MADEMOISELLE BÉBÉ. — J'en ai un, de trac !

LE RÉGISSEUR. — Pourquoi ? Puisque tu passes en un numéro un !

MADEMOISELLE BÉBÉ. — Oui, je les essuie, les banquettes. Mais, vous savez, c'est la première fois que je chante dans un grand concert, une boîte chic. Et il n'y a pas à dire...

LE RÉGISSEUR. — Compris. Le trac est en raison directe de l'importance de l'établissement.

MADEMOISELLE BÉBÉ. — Sûr... Ainsi, ça ne m'a rien fait quand j'ai débuté pour la pre-

mière fois..... à Belleville, dans un boui-
bouis. A cette époque-là, je chantais la romance... C'était mon frère qui m'appre-
nait... Il avait une belle voix, mon frère...
S'il avait voulu, je ne dis pas qu'il serait
à l'Opéra, mais il gagnerait bien sa vie... Il
a mieux aimé rester ouvrier mécanicien et
se marier...

LE RÉGISSEUR. — Il a eu tort.

MADEMOISELLE BÉBÉ. — Je le lui ai assez
dit ! Enfin, ça le regarde, pas ? Mais, pour
en revenir à moi, je n'ai pas eu peur la première fois où j'ai paru en public... Ni les
autres fois, non plus... Ainsi, tenez, à Fon-
tainebleau d'où je viens, faut voir ça dans
les concerts ! Les élèves de l'École d'application arrivent en bande et, des fois, ils
font un tapage ! Eh bien ! ils pouvaient me
dire n'importe quoi... Je continuais quand
même... Tandis que, ce soir...

LE RÉGISSEUR. — On a la fièvre ?

MADEMOISELLE BÉBÉ. — Et comme des pinçons au cœur.

LE RÉGISSEUR. — Calmons-nous, mon loulou !

MADEMOISELLE BÉBÉ. — Ah ! je sais bien que c'est bête ! Mais j'ai beau me raisonner... Je suis comme tout le monde... au fond... timide... Puis j'ai ma position à faire... Et si, ce soir, je ramassais une jaquette !

LE RÉGISSEUR. — Tu aurais de quoi t'habiller cet hiver.

MADEMOISELLE BÉBÉ. — Ah ! non, ne blaguez pas... Et ce sale orchestre, il ne va donc pas jouer ?... J'en ai assez d'attendre.

> On entend l'orchestre qui attaque les premières mesures d'une ritournelle quelconque.

LE RÉGISSEUR, *s'inclinant.* — Madame est servie.

MADEMOISELLE BÉBÉ. — Restez là, dites,

restez ! Après, vous me direz comment j'ai chanté.

LE RÉGISSEUR, *la poussant.* — Oui... va... Et surtout !... si tu ne te rappelles plus, continue quand même...

MADEMOISELLE BÉBÉ. — Je vas me *neyer* !

Elle entre en scène.

Devant elle, c'est le désert, un désert immense. Depuis huit jours, il n'a cessé de pleuvoir ; et ce soir, la pluie continue de tomber encore de temps en temps sur les mornes Champs-Élysées.

Au fond, un restaurant ; et sur une terrasse, des lumières et quelques rares dîneurs.

Dans le concert, de loin en loin, des garçons, le menton dans la main, avec des poses mélancoliques, et deux spectateurs, un homme et une femme, des « faveurs » héroïques qui ont bravé le froid ; çà et là quelques claqueurs à gages.

MADEMOISELLE BÉBÉ. — Il y en a un monde !

Elle chante.

A Paris, on voit des Messieurs,
Qui n'regardent jamais les cieux,
   Mais les d'moiselles ;
Ils portent de grands lorgnons,
Dans leurs bottines des oignons,
   Et pas de z'ailes.

Le spectateur. — Tu entends ce qu'elle dit ?

La spectatrice. — Je crois qu'elle parle de lorgnons...

Le spectateur. — Elle n'a pas la voix forte...

La spectatrice. — A cause de la pluie. Quand l'eau tombe, sa voix fait sans doute comme les baromètres, elle descend. N'importe... Si c'est pour entendre ça que notre cousin nous a donné des billets...

Le spectateur. — Il a fallu nous dépêcher, prendre à peine le temps de dîner... En voilà un plaisir ! Il aurait bien pu les garder, ses places...

LA SPECTATRICE. — D'autant plus qu'il ne fait pas chaud... Si je n'attrape pas un rhume ! C'est vraiment amusant, le café-concert, dans dès conditions pareilles... Il faut être fou pour donner des places... Ces gens-là feraient bien mieux de fermer leur établissement.

A ce moment, quelques rares bravos se font eutendre.

Ce sont les claqueurs à gages qui manifestent leur enthousiasme. Des garçons, pour combattre le froid et et aussi le sommeil, battent des mains, mécaniquement.

Mademoiselle Bébé, qui a terminé son second couplet, salue, en se cassant en deux et en envoyant des baisers aux banquettes impassibles.

(Cependant mademoiselle Bébé, voguant en plein rêve et tout à son aise, ne s'est pas aperçue qu'il n'y avait personne dans le concert. Les rares applaudissements qui

l'ont saluée lui semblent résonner à l'infini.)

MADEMOISELLE BÉBÉ, *songeant*. — Pas un coup de sifflet !... Rien que des applaudissements... Ça marche... Satisfaire tant de monde à la fois ! Je me sens rassurée à présent... J'ai conquis la salle... Je peux me donner tout entière... Ils vont voir à présent....

> Elle entonne à pleine voix le troisième et dernier couplet de la chanson.

LE SPECTATEUR. — Tiens ! on l'entend !

LA SPECTATRICE. — Oui, et ce qu'elle chante faux !

LE SPECTATEUR. — J'aimais mieux sa conduite de tout à l'heure. Car, maintenant, je regrette de ne pas avoir apporté mon fusil.

LA SPECTATRICE. — Pourquoi ?

LE SPECTATEUR. — Étant donnés tous les canards auxquels cette chanteuse donne la volée, j'aurais fait une belle chasse.

De nouveau, des bravos retentissent ; mademoiselle Bébé salue et resalue, en lançant
des baisers dans toutes les directions. L'enthousiasme est peint sur son visage ; la
chère enfant manque de défaillir quand le
chef d'orchestre lui passe un bouquet
qu'elle s'est d'ailleurs envoyé.

LE SPECTATEUR. — Si nous filions ?

LA SPECTATRICE. — Je veux bien... Je l'ai
attrapé, le rhume redouté.

LE SPECTATEUR. — Et pour entendre quoi ?...
Toute une basse-cour..

Au moment où le spectateur et la spectatrice
s'en vont, mademoiselle Bébé, qui jette un
dernier coup d'œil dans la salle, les
aperçoit.
Elle rentre précipitamment dans les coulisses et tombe sur le régisseur.

MADEMOISELLE BÉBÉ. — Qu'est-ce que vous
dites de mes débuts ? Ça a marché, hein ?

LE RÉGISSEUR. — Très bien... très bien.

MADEMOISELLE BÉBÉ. — Oui, j'ai senti que je portais sur le public... Et il y en a un monde! Vous avez entendu comme ils ont applaudi?... Vrai succès...! Mais ce qui m'a semblé le plus fort...

LE RÉGISSEUR. — C'est?...

MADEMOISELLE BÉBÉ. — Qu'aussitôt après ma chanson, deux spectateurs sont partis... Je n'aurais pas cru qu'on venait ici seulement pour m'entendre...

LE RÉGISSEUR, *regardant mademoiselle Bébé.* — Pas de voix, mais de l'imagination.. Tu ne seras jamais malheureuse au théâtre.

MIOUSIC !

Après un dîner offert aux Berthier, les Dufour ont emmené leurs hôtes dans leur salon, — un salon acheté quatre cent vingt-cinq francs, tout neuf, « en fabrique », faubourg Saint-Antoine.

Les Berthier sont gras, les Dufour sont maigres.

Au milieu d'eux, mademoiselle Nini, une fillette de six ans, avec une mine éveillée et des yeux de belette, va, saute, se trémousse, montrant ainsi comment se porte la nouvelle génération des Berthier.

MADAME DUFOUR. — Si Nini nous jouait maintenant quelque chose ?

Nini. — Tu l'as donc l'un piano, maintenant ?

Madame Dufour. — Mais oui, mademoiselle.

Nini. — Tu l'en l'as mis du temps à n'en avoir un !

Madame Berthier. — Nini ! En voilà des réflexions.

Madame Dufour. — Oh ! laissez donc, madame, on sait ce que c'est que des enfants.

M. Dufour. — Ce piano nous vient d'un héritage que nous avons fait dernièrement...

M. Berthier. — L'héritage de votre cousine de Saint-Mandé ?

Madame Dufour. — Parfaitement. C'est un très beau piano. Il était dans la famille depuis trente ans. (*A Nini.*) Alors, tu vas nous jouer quelque chose ?. As-tu fait des progrès ?

Madame Berthier. — Oh ! énormément ! son professeur, mademoiselle Rivière, dit

qu'elle n'a pas d'élèves pareilles à ma fille...
Moi, vous savez, je ne m'y connais guère...
Mais on nous conseille déjà de faire entrer
Nini au Conservatoire...

M. BERTHIER. — Un de nos voisins qui est
journaliste dit que c'est un vrai prodige.

NINI. — Zè l'aime bien, le monsieur qui
l'est zournaliste. Quand ze serai drande z'é-
pouserai un zournaliste.

MADAME DUFOUR. — Pourquoi, ma chérie?

NINI. — Parce qu'ils vous donnent des
billets de théâtre. Ze suis allée, l'autre zour,
au cirque avec des billets du monsieur qui
l'écrit dans les zournaux. Papa a dit comme
ça : « Les zournalistes, ça ne vaut pas grand
zhose, mais tout de même, il m'a économisé
six francs. »

M. BERTHIER. — Moi, j'ai dit ça?

NINI. — Oui... Que tu l'as dit...

M. BERTHIER. — On ne peut rien dire devant cette enfant... Elle retient tout...

Madame Berthier. — C'est la même chose pour la musique... Il lui suffit d'entendre un air... Crac ! Elle le sait aussitôt après. (*A Nini.*) Maintenant, ma chérie, tu vas faire plaisir à M. et madame Dufour... Tu vas te mettre au piano.

Nini. — Comme ça ?... Non... Ze peux pas, maman.

Madame Berthier. — Pourquoi ?

Nini. — Pasce que le taboulet, il est trop bas. (*Madame Berthier remonte le tabouret du piano.*) Oh ! oui, tu le remontes bien... Madame... (*S'asseyant.*) Là, là... Ze suis comme quand z'apprends zhez mademoiselle Rivière...

Madame Dufour. — Qu'est-ce que tu vas nous jouer ma mignonne ?

Nini. — Ze sais pas. Z'ai pas apporté de musique.

Madame Berthier. — Si tu jouais *Brises d'Automne ?*

NINI. — Non, ze veux pas... Papa a dit
que ça faisait dormir les gens.

MADAME DUFOUR. — Nini, savez-vous la
Tzigane ?

NINI. — Oh ! oui ! que ze la sais !

MADAME DUFOUR. — Je l'ai justement là..
Attendez... Je vais vous la donner...

M. DUFOUR ET M. BERTHIER, *en chœur*. —
Quelle charmante enfant !

MADAME DUFOUR. — Voici votre musique,
ma chérie... Vous pouvez commencer.

Elle met sur le piano la partition.

NINI. — Ze peux pas commencer, petite
mère.

MADAME BERTHIER. — Pourquoi ? Le tabouret est encore trop bas ?

NINI. — Non... c'est mes doigts...

MADAME BERTHIER. — Tes doigts ?

NINI. — Z'ai de la confiture après...
colle...

MADAME BERTHIER. — Oh ! Nini.., toi qui es si propre !

NINI. — Ze me trompe... C'est pas les con- fitures... C'est les cerises à l'eau de vie.

> On s'empresse autour de Nini. On lui mouille les doigts, on les lui rend frais, souples et déliés.

NINI. — Petite mère, ze vois pas bien mes notes... Zhez mademoiselle Rivière, y a des bougies...

MADAME DUFOUR, *froissée*. — Chez nous, ma petite, nous ne nous servons que de lam- pes. Peut-être verrez-vous tout de même.

MADAME BERTHIER, *aimable*. — Oh! cer- tainement, chère madame. Elle y voit très bien ; mais vous savez ce que c'est que les enfants?... Allons, va, mignonne, commence.

> Nini, après quelques mesures, s'arrête net.

MADAME BERTHIER. — Eh bien, mon en- fant, qu'est-ce que tu as ?

NINI. — Tu as entendu?

MADAME BERTHIER. — Quoi ?

NINI. — Le piano ?

MADAME BERTHIER. — Eh bien !

NINI. — Eh bien ! Ze peux pas continuer de zouer. Le piano... Il l'est trop faux...

MADAME DUFOUR. — Oh !

MADAME BERTHIER. — Tu ne sais pas ce que tu dis, ma poulette.

M. DUFOUR. — C'est un vieux piano, mais il est bon.

M. BERTHIER. — Parfaitement.

MADAME DUFOUR. — Ce n'est pas parce qu'il vient d'un héritage !

MADAME BERTHIER. — Naturellement, chère madame, naturellement... Tout ça, c'est des paroles d'enfant...

NINI. — Non, ze ne zouerai pas, petite mère...

MADAME BERTHIER. — Nini, je veux que tout de suite...

NINI. — Ah! ben alors! ze comprends plus! Toi-même tu as dit : « A ce qu'il paraît que les Dufour, i z'ont hérité d'un vieux zhaudron. » Ze peux pas taper sur un zhaudron.

MADAME BERTHIER. — Nini? (*A madame Dufour.*) Oh! madame... Je suis désolée... Où cette petite a-t-elle pu prendre de pareilles idées?

M. BERTHIER. — Je me le demande.

MADAME BERTHIER. — Moi aussi ! C'est la bonne qui aura dit ça... Ah! vraiment, les enfants!

NINI, *tapant sur le piano.* — Si. Si. C'est un vieux zhaudron. Qu'il y manque des notes...

MADAME BERTHIER. — Nini, tais-toi! Ou je t'envoie une calotte.

NINI. — Alors pourquoi que t'as azouté : « Nous allons dîner chez les Dufour. On dira à Nini de zouer... Ça m'ennuie... Cette en-

fant n'est pas faite pour accorder les casse-
roles. »

MADAME BERTHIER. — J'ai parlé ainsi ?

NINI. — Oui.

M. BERTHIER, *à madame Dufour*. — Oh !
chère madame, je pense bien que vous ne
croyez pas un seul instant?...

MADAME DUFOUR. — Comment voulez-vous
que j'accorde créance...

M. DUFOUR. — Et moi ?

M. BERTHIER. — C'est inouï, ma parole,
c'est inouï !

MADAME BERTHIER, *à son mari*. — Alfred,
montre-toi !

M. BERTHIER. — Laisse-moi, laisse-moi
agir. (*A Nini*.) Tu entends, Nini, tu vas
jouer la *Tzigane* et tout de suite !

NINI. — Oui, papa.

M. BERTHIER. — Et sans sauter une
note ?

NINI. — Oui, papa.

6

M. Berthier. — Dépêchons-nous... un peu, hein ?

Nini joue quelques mesures.

Nini, *s'arrêtant.* — Petit père ?

M. Berthier. — Quoi encore ?

Nini. — Veux-tu tourner la paze ?

M. Berthier, *s'empressant.* — Oui, ma chérie... oui...

Nini, *jouant et chantant.* —

Dans mes courses vagabondes,
Bien souvent z'ai zhanté.

Ah ! zut !

M. Berthier. — Qu'est-ce qu'il y a ?

Nini. — Ze vois plus mes notes.

M. Berthier. — Pourquoi ? C'est la lampe ?...

Nini. — Non, c'est le taboulet...

M. Berthier. — Qu'est-ce qu'il a ?

NINI. — Il l'est trop bas mon taboulet.

M. Berthier remonte le tabouret.

M. BERTHIER. — Es-tu bien maintenant ?

NINI. — Encore plus l'haut.

M. BERTHIER. — Bon... Et comme ça ?

NINI. — Ze suis très bien, l'à présent...

Reprenant.

> Dans mes courses vagabondes,
> Bien souvent, z'ai zhanté...

(*Criant.*) Papa ! Papa ?

M. BERTHIER. — Quoi ?

NINI. — Ze tombe.

Elle dégringole, les quatre fers en l'air.

MADAME BERTHIER. — Oh ! mon Dieu ! Nini ! Nini !

NINI, *se relevant*. — Ze me suis pas fait mal, p'tite mère.

MADAME BERTHIER. — C'est bien vrai ?

NINI. — Ze lezure. (*Se frottant les reins.*)
Seulement, papa, il avait bien raison de dire
avant de partir : « On va zhez les Dufour...
On fera de la musique... Et qui est-ce qui
écopera ?... C'est Nini. »

LA JOIE FAIT MAL

C'est, avenue de Saint-Ouen, au cinquième étage d'une vieille bâtisse, le petit appartement pour ouvriers pauvres, composé d'une chambre à coucher et d'une autre pièce où l'on fait la cuisine et où l'on mange.

Après dîner, devant une lampe au pétrole qui les éclaire tristement, en des poses lassées de gens accablés par la vie, affalés ce soir par une chaleur torride qui flambe sur Paris, le père et la mère restent là, les bras croisés, devant les assiettes vides.

LE PÈRE. — Nous avons bien fait de manger...

La mère. — En effet ; si on avait attendu Mathilde !

Le père. — Il est dix heures cependant !

La mère. — Elle devrait être ici.

Le père. — Et depuis longtemps... C'est la morte saison. A quelle heure sort-elle de l'atelier ?

La mère, *gênée*. — Dame ! tu le sais aussi bien que moi... Quelquefois à six heures, d'autres fois à sept.

Le père. — Est-ce qu'on veille en ce moment ?

La mère, *de plus en plus gênée*. — Sans doute ; autrement, où serait la petite ?

Le père. — Oui, le monde part à la mer et à la campagne... Il y a des dames qui veulent avoir leurs robes tout de suite... Il faut compter avec l'aléa dans les magasins de couture... (*Bâillant :*) Je suis bien fatigué...

La mère. — Par une chaleur pareille, qui ne le serait pas ?

Le père. — Et quand il faut arpenter Paris toute la journée pour encaisser des primes au nom d'une société d'assurances !

La mère. — Ou faire des ménages depuis le matin jusqu'au soir... Tiens, tu me sembles éreinté.. tu devrais te coucher...

Le père. — Non, pas encore... Auparavant, je voudrais...

La mère. — Quoi ?

Le père. — Embrasser la petite.

La mère. — Tu n'y penses pas !... On va peut-être la garder à l'atelier tard, très tard...

Le père. — Tu es bien sûre qu'elle veille ?...

La mère. — Pourquoi demandes-tu cela ?

Le père. — Je ne sais pas... Mais ordinairement, Mathilde nous envoie une camarade d'atelier... Ce soir, nous n'avons vu personne...

La mère. — Elle n'aura pas pu nous prévenir.

LE PÈRE. — Si elle avait eu un accident?

LA MÈRE. — Pourquoi lui serait-il arrivé quelque chose?

LE PÈRE. — Ou bien, si...

Il cesse de parler.

LA MÈRE. — Pourquoi te tais-tu?

LE PÈRE. — Rien... rien...

LA MÈRE. — Voyons! quelle idée viens-tu d'avoir?

LE PÈRE. — Oh! ce n'est pas aujourd'hui seulement que j'ai cette idée.

LA MÈRE. — Dis-la.

LE PÈRE. — Eh bien, la petite est jolie; elle a pris du chic dans les maisons où elle a travaillé; quand elle va dans la rue, on la regarde... Lorsque je ne la vois pas rentrer, j'ai peur...

LA MÈRE. — Tu as peur?

LE PÈRE. — Qu'elle ne s'ennuie ici... qu'elle ne trouve l'appartement trop pauvre... et trop minces les distractions qu'on peut lui offrir.

LA MÈRE. — Et tu crois... tu penses... tu t'imagines?...

LE PÈRE. — Je crois qu'elle n'est pas plus méchante qu'une autre, qu'elle n'a pas de mauvais sentiments, qu'elle nous aime bien et sait reconnaître les bontés que nous avons pour elle. Mais qui sait? Si quelqu'un lui offrait un jour des distractions, de grands dîners dans de grands restaurants, les chevaux de bois ou les lapins mécaniques dans des fêtes foraines?...

LA MÈRE. — Elle serait capable de mal tourner! (*Avec colère.*) Ah! je voudrais voir cela, je voudrais le voir! Je ne suis pas méchante... Mais si ma fille quittait de chez nous ainsi, je te le jure, Alfred, je lui tordrais le cou!

LE PÈRE. — Oui, on dit cela.

LA MÈRE. — Voilà tout ce que tu trouves

7

à répondre !... Toi, un homme, tu ne bondis pas de colère ! Tu ne m'approuves pas !... Alors, devant le déshonneur, tu resterais là, tranquille, les bras croisés !

LE PÈRE. — Non, mais, vous autres, vous vous emportez ! Vous voulez tordre le cou à vos enfants. Rappelle-toi la fille de notre ami, le grand Jules... Elle a mal tourné aussi... Sa mère, comme toi, jurait qu'elle ne la reverrait jamais... Et cependant, quand la petite est revenue, après deux ans d'absence, on lui a pardonné. On était trop content de la revoir...

LA MÈRE. — Avec tes histoires, tu m'énerves... J'ai envie d'aller au-devant de Mathilde... de courir jusqu'à son atelier...

LE PÈRE. — Je t'accompagne... Je ne suis pas tranquille...

LA MÈRE. — Mon Dieu ! si c'était vrai... si Mathilde avait eu une faiblesse !... A son âge, on s'en laisse si facilement conter !...

LE PÈRE. — Si nous recevions demain une lettre dans laquelle elle nous dirait qu'elle est partie !

LA MÈRE. — Je deviendrais folle... Tu nous vois rentrer ici sans elle ? Bien souvent, elle nous a donné du mal... Mais enfin, les enfants, on doit leur pardonner... Ce ne sont pas eux qui ont demandé à venir au monde...

LE PÈRE. — Allons, viens... Filons jusqu'à l'atelier...

> Le père prend son chapeau. La mère ajuste son bonnet sur la tête.
> Au moment où ils vont partir, la porte s'ouvre.

LA MÈRE. — Ah ! Mathilde !

> Mathilde apparaît souriante et gaie, comme un printemps.

MATHILDE. — B'soir, p'pa. B'soir, m'man. (*S'arrêtant et les regardant :*) Eh bien ? où alliez-vous donc ?

LE PÈRE. — À ta rencontre... Histoire de prendre un peu l'air...

MATHILDE. — Ah! non... Restez un peu... Nous avons veillé, nous... Et je n'ai rien mangé... Mon estomac est dans mes talons...

LA MÈRE. — Attends, ma chérie, je vais te faire chauffer ton dîner... De la soupe à l'oignon... avec du fromage comme tu l'aimes...

MATHILDE, *joyeuse*. — Chic!

LA MÈRE. — Et du lapin sauté.

MATHILDE, *dansant*. — Balthazar dîne chez Balthazar, alors?

LA MÈRE. — Mais tu ne nous as pas embrassés?

MATHILDE. — On répare.

> Elle saute au cou de sa mère, puis elle embrasse ensuite avec non moins d'affection le bon papa.
> Les parents la mangent de caresses; puis ils la contemplent avec des yeux où éclate leur joie attendrie.

Mathilde. — Qu'avez-vous donc? Vous semblez *tout chose?*

La mère. — On n'a rien du tout... mon enfant... absolument rien...

Mathilde, *à sa mère.* — Si... Regarde papa... On dirait qu'il a envie de pleurer... Et il a une grosse goutte d'eau au bout du nez...

Le père, *se roidissant et essayant de prendre un ton gai, pendant qu'il s'essuie le visage avec son mouchoir.* — Moi... envie de pleurer? Tu ne vois pas que je suis en nage? (*Embrassant passionnément sa fille:*) C'est la chaleur, mon enfant.

ARRIVÉ !

Dans un théâtre de féerie. Après le second
acte où la direction, « qui ne recule jamais
devant aucun sacrifice », avait organisé un
défilé merveilleux de Légumes, descendent,
leurs effets de ville revêtus, les réprésen-
tants désormais autorisés de la Carotte, du
Chou-Fleur, du Poireau, du Haricot Vert
et autres fruits comestibles.

Ils vont tumultueusement à travers les esca-
liers, en frappant des pieds les marches et
en criant frénétiquement, ainsi qu'il sied
à de jeunes figurants qui, déjà, ont le sens
du théâtre.

Devant la sortie des artistes stationnent des
gens : ce sont des parents.

Au moment où l'armée des bambins débouche
dans la rue, une voix impérieuse retentit :
« Tuthur? »

Ce diminutif d'un prénom cher à toutes les
personnes qui s'appellent Arthur, s'échappe
des lèvres d'une personne coiffée d'un
bonnet et vêtue d'un caraco, une dame au
visage maigre, aux yeux caves, qui a l'as-
pect tout à fait distingué d'une femme de
ménage.

TUTHUR. — Eh ben quoi ? Me voilà, m'man !

Tuthur s'approche. Avec ses petites bottines
éculées, il marche d'aplomb sur ses six
printemps. Il a la mine blême et chafouine
des enfants de Paris qui ont plus joué dans
la rue que dans un appartement.

LA MÈRE, *entraînant le gamin.* — Eh bien,
comment ça s'est-il passé ?

TUTHUR. — Je vais te raconter. Seulement,
où est le père ?

La mère. — En face, chez le marchand de vins.

Tuthur. — Allons-y, j'ai soif; quand j'aurai bu, je parlerai.

> Chez le marchand de vins. Le père de Tuthur est là, un bon gros, au nez qui bourgeonne, un de ceux auxquels « le patron n'en remontrera jamais » mais toujours prêts à « inviter, là, bravement », les amis à boire un verre.
>
> En apercevant son rejeton, le père a un air de joie et de fierté.

Le père. — Eh bien, Tuthur? Comment, ça s'est-il passé?

Tuthur, *prenant le verre de son père.* — J'ai la langue collée au palais... (*Après s'être essuyé les lèvres avec sa manche.*) Je vais mieux... Alors, tu veux que je raconte?

Le père et la mère, *avidement.* — Oui.

Tuthur. — Eh bien! je ne veux pas vous faire attendre... J'aime mieux le conter tout

7.

de suite... Nous avons eu un succès... mais un de ces succès!... Toute la salle battait des mains... Le vacarme était si fort que j'ai pensé un instant : « Si le plafond ne tombe pas, ce soir, il ne tombera jamais. »

LA MÈRE. — Monsieur le Directeur a dû être bien content?

TUTHUR. — Lui? Pour sûr. Il nous a fait donner des oranges; j'en ai plein mes poches.

LE PÈRE. — Mais toi, Arthur, tu n'as pas eu peur?

TUTHUR. — Un peu. C'était mon début que je faisais.

LA MÈRE. — Comment étais-tu habillé?

TUTHUR. — Oh! un costume épatant! Tout jaune, avec de l'or dessus. Je jouais le premier Potiron.

LA, MÈRE *joignant les mains avec admiration.* — Le premier Potiron!

TUTHUR. — Il y avait un petit qui aurait bien voulu l'avoir, ce rôle-là! Mais Monsieur

le régisseur lui a dit : « Non, vous, vous ne
sauriez pas conduire vos camarades. » *(Se
rengorgeant.)* Parce que, moi, je marchais
en tête et je commandais.

La mère. — Il commandait !

> Des amis se rapprochent ; ils ont entendu des
> bribes de conversation ; ils demandent à la
> mère si leur fils joue au théâtre.

La mère *rouge de plaisir.* — Oui, il fait
le premier Potiron.

> Un mouvement d'admiration s'élève. Tuthur,
> adossé contre le dossier de la banquette,
> les pouces dans les entournures du gilet,
> jouit avec délices de l'effet produit.

Tuthur. — C'était un rude rôle, vous savez !
Et pas commode à tenir.

Le père, *convaincu.* — Ah ! je m'en doute !

Tuthur. — J'avais pas seulement à m'oc-
cuper de moi... Fallait penser aussi à l'es-

couade... (*Dédaigneux.*) aux quatre autres gosses qui marchaient derrière moi... Et figurez-vous, on était dans la coulisse; je les avais bien alignés sur deux rangs, quand il y en a un qui s'écrie : « Je n'y vois plus clair. Mon potiron m'étouffe. »

LE PÈRE. — Ah! bien!

TUTHUR. — Je lui réponds : « Mon vieux, quand on n'a pas plus de courage, on ne se met pas acteur. »

LES AMIS. — Ça, c'était tapé!

TUTHUR. — Moins que le coup de poing que je lui ai envoyé, à ce sale gosse... Ah! je vous réponds qu'ensuite il n'était plus aveugle. Il en avait vu des chandelles! A notre entrée en scène, c'était lui qui marchait le mieux. Les autres d'ailleurs allaient bien. Aussi, quand les Carottes, les Choux-Fleurs et les Haricots Verts avaient défilé, avant nous, la salle n'avait pas bronché. Mais, quand nous sommes apparus, nous, les

Potirons, si vous aviez entendu les applaudissements ! Nous avons dû marquer le pas
deux minutes au moins devant le trou du
souffleur !

La mère. — Quel triomphe !

Tuthur. — Une fois rentrés dans la coulisse, M. le régisseur m'a dit : « C'est vous,
les Potirons, qui avez décroché le succès. »

La mère *au paroxysme de la joie*. —
Hein ? Croirait-on ?

Tuthur, *très calme*. — Eh bien ! Voulez-
vous que vous dise ?

Le père. — Vas-y, Arthur.

Tuthur. — Je n'ai pas été surpris de mon
succès.

Le père. — Vraiment ?

Tuthur. — J'en étais sûr d'avance... Je ne
sais pas pourquoi... mais je sens que je suis
né pour être artiste. J'ai eu un peu le trac,
avant ; mais, une fois, en scène, il me sem-
blait que j'étais chez moi. Je serais resté là,

tout le temps, en face du public, les mains dans les poches.

LE PÈRE. — Alors, tu n'éprouvais rien du tout?

TUTHUR. — Pas la moindre émotion. C'est ce qui me fait dire qu'un jour je serai acteur et un rupin.

LE PÈRE. — Ah! je te le souhaite!... Tu vois, moi qui me suis donné tant de mal, je ne peux plus arriver à travailler. Si ta pauvre mère n'était pas là pour apporter de l'argent à la maison...

TUTHUR. — Et moi aussi, maintenant. Car je gagne quarante sous par jour.

LES AMIS. — C'est un bon métier que celui d'artiste!

LE PÈRE. — Pour sûr. Aussi, ce n'est pas moi qui détournerai le petit de le prendre. Si vous l'entendiez d'ailleurs quand il chante la romance!

LA MÈRE. — Moi, des fois, il m'a fait pleurer.

Tuthur. — A présent, j'ai vu les acteurs
de près... Je sais comment ils font... C'est
pas malin... Et quand je serai grand !

Le père. — Tu as confiance... Tu as
raison...

Tuthur. — Je me sens la vocation...

Le père. — Et quand on a la vocation...

Tuthur *montrant une belle pièce de vingt
sous, toute neuve*. — On l'arrose.

Le père *ouvrant l'œil*. — Où a-t-on ramassé ce jeton-là ?

Tuthur. — C'est une actrice qui me l'a
donné pour lui faire une commission. Allons !
c'est ma tournée...

Le père *attendri devant la perspective
d'une nouvelle consommation*. — Tu as pris
un bon métier, Tuthur... un très bon... (*Solennel :*) Et puis, tu es généreux. . Eh bien,
souviens-toi de ce que je te dis ce soir...
Plus on est généreux avec ses parents, plus
on devient un grand artiste !...

L'HEURE DES CRIMES

Une chambre d'hôtel, proche de la gare du
Nord. En cet endroit charmant viennent
de se mettre au lit monsieur et madame Jannet.

Le mari connaît ce que c'est que la cinquan-
taine. Il a les cheveux rares et un petit
ventre que le vulgaire appelle bedon. Madame Jeannet, trente ans, réalise l'idéal des
brunes piquantes. La dame de pique, par
exemple.

Ils reviennent tous deux d'un music-hall;
malgré les somptuosités court-vêtues qui
lui furent offertes, monsieur Jeannet —
commence « à voir comment le sommeil

se porte », tandis que « sa dame » achève
un feuilleton.

Minuit sonne.

MADAME JEANNET, *terminant sa lecture.* —
« Minuit sonnait... L'heure des crimes !...
A ce moment, la petite porte du jardin s'ou-
vrit... Et l'Américain apparut !... » — *(Jetant
le journal :)* Il apparaît, toujours, l'Américain, à la fin du numéro... Que va-t-il faire
encore ?

> Elle regarde un instant son mari qui com-
> mence de ronfler, éteint mélancolique-
> ment l'électricité et s'assoupit chastement,
> comme le recommande l'Église.
>
> Tout à coup, elle se dresse en sursaut, et don-
> nant dans le dos de son mari de solides
> coups de poing, ainsi qu'il est indiqué dans
> l'Art de Réveiller son époux :

— Ernest ! On a frappé !

MONSIEUR JEANNET, *s'éveillant.* — On a
frappé !

MADAME JEANNET. — Écoute !

Il est avéré qu'on frappe encore.

MONSIEUR JEANNET, — Peut-être une dépêche ? (*Criant.*) Entrez !

> La porte s'ouvre.
> Un monsieur de vingt-deux ans, complète-
> ment rasé, vêtu d'un complet élégant,
> s'avance en donnant des coups de chapeau
> aimables.

MADAME JEANNET. — L'Américain !

MONSIEUR JEANNET. — Qu'est-ce que tu
chantes ?

LE MONSIEUR, *avec un léger accent.* —
Non, je ne suis pas Américain... Je suis
Anglais...

MONSIEUR JEANNET. — Je m'en moque...
Vous vous êtes trompé de porte... Allez-vous
en...

LE MONSIEUR, *souriant.* — Non.

MONSIEUR JEANNET. — Non ? Vous dites non ? Je comprends la plaisanterie... Mais celle-ci?... Vous ne venez cependant pas dormir avec nous, je suppose?...

LE MONSIEUR. — Oh! pardon!... J'ai trop le sentiment des convenances,..

MONSIEUR JEANNET. — Alors qu'est-ce que vous cherchez ? Un médecin ?

LE MONSIEUR, *toujours souriant*. — Laissez-moi dire un mot... J'arrive de Londres...

MONSIEUR JEANNET. — Je vous répondrai que ça ne m'étonne pas... Je tiens un hôtel à Boulogne-sur-Mer... et j'ai l'habitude de voir des Anglais...

LE MONSIEUR. — Ah! vous habitez Boulogne... Je viens d'y passer... Je connais très bien... Jolie ville, très propre... Et les Boulonnaises ! Ravissantes ! Elles aiment beaucoup les corsets... Les corsets leur vont bien... Leurs coiffes aussi... avec... comment dites-vous ? leurs tuyaux ?

MONSIEUR JEANNET. — Après? Vous n'êtes
pas venu me réveiller pour m'apprendre
comment s'habillent les Boulonnaises...
puisque je suis de Boulogne et ma femme
aussi ?

LE MONSIEUR, *de plus en plus aimable.*
— Non. Je tenais simplement à vous dire
que j'avais frappé déjà à beaucoup de portes,
avant d'arriver à la vôtre... Et personne ne
m'avait répondu...

MONSIEUR JEANNET. — On dormait.

LE MONSIEUR. — Non. J'ai ouvert les
portes. Il n'y avait personne... couché.

MONSIEUR JEANNET, *se dressant sur son
séant. Furieux.* — Enfin, monsieur, qu'est-
ce que cette mauvaise blague ?

LE MONSIEUR, *scandalisé.* — Une blague !...
Oh ! je n'avais pas ça dans mon esprit... Je
venais vous demander simplement à vous
deux : « Voulez-vous faire la fête avec
moi ? »

MONSIEUR JEANNET, *ahuri*. — La fête?

LE MONSIEUR. — Oui, il est minuit : c'est le moment où l'on commence à s'éveiller à Paris... Maintenant, à Londres, tout est déjà... comment dites vous? bouclé?... oui, bouclé... Et j'ai l'habitude, quand j'arrive ici, de ne pas me coucher la première nuit... (*Avec une exquise politesse.*) Je me permets de renouveler mon invitation. Voulez-vous être mes compagnons, ce soir... Voulez-vous venir souper avec moi ?

MONSIEUR JEANNET. — Souper ?

LE MONSIEUR. — Oui. Madame est légitime ?

MONSIEUR JEANNET. — Mais certainement, Monsieur... certainement !

LE MONSIEUR. — Eh bien! on soupera dans un endroit... bien!... un endroit correct...

MONSIEUR JEANNNET, *à sa femme.* — Tu entends ? Tu entends ?

MADAME JEANNET. — Oui.

Monsieur Jeannet. — Et tu ne dis rien ? Tu ne te mets pas en colère ?

Madame Jeannet. — Pourquoi ?

Monsieur Jeannet, *s'agitant*. — Pourquoi ? Tu demandes pourquoi ?

Madame Jeannet. — Nous ne connaissons pas monsieur... Mais il est très convenable...

Monsieur Jeannet. — Hein ?

Madame Jeannet. — Et je t'avoue que je souperais bien...

Monsieur Jeannet, *exaspéré*. — Oh ! celle-là est raide...

Madame Jeannet, — Mais non, mon ami. (*Au monsieur*) Est-ce que monsieur vient souvent en France ?

Le Monsieur. — Tous les trois mois, je traverse.

Madame Jeannet. — Et monsieur ne connaît pas notre hôtel, à Boulogne ? L'hôtel du Phare-Tournant ?

Le Monsieur. — Si. J'ai vu...

MADAME JEANNET. — Si monsieur s'arrêtait à Boulogne, peut-être nous donnerait-il la préférence?

LE MONSIEUR. — Oh! je donne!

MADAME JEANNET, *à son mari*. — Eh bien! pourquoi n'accepterions-nous pas l'invitation de monsieur?

MONSIEUR JEANNET, *abasourdi*. — Mais...

MADAME JEANNET, *à son mari*. — D'autant plus que chaque année, tu dois me faire voir les endroits curieux de Paris... Et qu'est-ce que je découvre? Une brasserie et un café-concert... A minuit, nous sommes toujours couchés...

LE MONSIEUR. — Oh! c'est un tort... Levez-vous... Nous irons dans un très beau restaurant de nuit... Celui que vous voudrez... Nous prendrons du champagne et des huîtres...

MADAME JEANNET. — Champagne! huîtres!

MONSIEUR JEANNET, *vexé*. — On dirait que c'est la première fois!...

MADAME JEANNET. — Non : à la maison, j'en ai autant que j'en veux... Mais à Paris !

LE MONSIEUR. — Et puis, après, nous irons dans des bars.

MADAME JEANNET, *dansant de joie*. — Des bars !

LE MONSIEUR. — Et nous retournerons dans d'autres restaurants...

MADAME JEANNET. — D'autres restaurants ?

LE MONSIEUR. — Et nous déjeunerons demain au Bois.

MADAME JEANNET. — Déjeuner au Bois !

LE MONSIEUR. — Je paie tout, si vous me faites l'honneur... Les autres fois, je viens avec des Anglais... Aujourd'hui, je suis tout seul... Et j'étais bien ennuyé... Je n'avais pas été surpris, quand j'ai frappé aux autres portes, de ne trouver personne... C'est l'heure, ici, où tout le monde est dehors, où l'on soupe, où l'on rit, où l'on chante, où l'on s'amuse...

8

MADAME JEANNET, *battant des mains*. — Oh ! s'amuser !... Vous nous mènerez voir des viveurs ?

LE MONSIEUR. — Tous les viveurs qu'il y a en ce moment.

MADAME JEANNET. — Moi qui depuis tant d'années rêvais cela !... Ernest, vite, lève-toi ! Je vais enfin connaître la grande vie, savoir ce qu'est Paris la nuit.

LE MONSIEUR. — Je regrette une toute petite chose... Il n'y a pas d'exécution capitale, cette nuit... Sans quoi, on aurait pu s'y rendre... Mais, comme on dit en France, on ne peut pas avoir tous les plaisirs à la fois.

MADAME JEANNET. — Ceux que vous venez de proposer me suffisent... Allons, Ernest, debout !

L'Anglais se retire. Dix minutes après, il rentre et trouve monsieur et madame Jeannet habillés et prêts à partir.

MONSIEUR JEANNET. — Tu sais, Louise, c'est vraiment pour toi... Car j'aurais bien dormi...

MADAME JEANNET. — Tais-toi donc... Dans cinq minutes, tu seras réveillé... Et tu le seras le premier, le premier à rire... N'importe ! Moi, ça me trouble de penser à toutes les merveilles que je vais voir... Ah ! quand je raconterai cette aventure à mes amis de Boulogne !

LE MONSIEUR. — Si vous voulez venir !

MADAME JEANNET, *s'en allant joyeuse et songeant*. — « Minuit sonnait... l'heure des crimes !... L'Américain apparut... »

Et ce qui apparaît aussi, dans la chambre, c'est, un quart d'heure après, un joli petit cambrioleur de dix-huit ans, à face de chérubin, aux grands yeux de vierge étonnée, qui barbote, outre une broche et un peigne en écaille, deux billets de

mille que monsieur Jeannet avait soigneu-
sement cachés entre les matelas. Car,
« puisqu'on lui avait offert » il était bien
entendu que M. Jeannet ne paierait rien.

LE PHÉNOMÈNE

Le bureau d'un secrétaire de rédaction d'un
journal du matin.

Le secrétaire vient de dépouiller une des
« dernières heures » de l'*Havas* ; il reçoit à
l'instant des nouvelles de l' « Intérieur »
et aussi un petit article sur l' « Étranger »
et enfin la copie du critique dramatique
qui va mettre le journal en retard. Car ces
sacrés théâtres s'obstinent à ne pas fermer
avant minuit !

Selon la coutume, le secrétaire de rédaction
est de mauvaise humeur.

Entre un reporter de faits divers, à l'air timide.

8.

LE SECRÉTAIRE. — Vous arrivez maintenant, vous?

LE REPORTER. — Écoutez...

LE SECRÉTAIRE. — Je n'écoute rien... Qu'est-
ce que je vous ai dit? Je veux votre copie à
minuit et demi au plus tard... (*Elevant la
voix.*) A minuit et demi, vous entendez!...
Après, c'est inutile... (*Se levant et arpen-
tant à grandes emjambées la pièce.*) Et
qu'est-ce que vous m'apportez? Des nouvelles qui auront traîné dans tous les journaux du soir?... Au lieu d'aller aux infor-
mations, vous sortez probablement du café?
... Vous venez encore de jouer à la manille...
Non?... Vous dites non?... Si vous croyez
que je ne vous connais pas!

LE REPORTER. — Je vous affirme que...

LE SECRÉTAIRE, *haussant les épaules.* —
Quoi? Vous allez me dire que vous m'ap-
portez quelque chose de sensationnel?...
Un fiacre renversé sans doute? Ou une

vieille dame écrasée...? Et, pour montrer
votre zèle, vous donnerez le numéro du
fiacre qu'un camarade aura pris exprès pour
vous...

LE REPORTER. — Je vous jure que...

LE SECRÉTAIRE. — Assez!... J'en ai assez!...
Vous n'aviez rien à me donner. D'ailleurs,
c'est tous les soirs la même chose... Je fini-
rai par dire au patron comment vous vous
conduisez... (*Furieux.*) Vous n'êtes jamais
là!

LE REPORTER. — Je ne peux pas me trouver
en même temps à la Préfecture et au journal...

LE SECRÉTAIRE. — Qui vous demande cela?...
Dites un peu qui vous le demande? Mais,
tenez, ce soir, j'ai encore été obligé de
faire pour vous un accident arrivé à Auteuil... Est-ce que ça me regarde, moi, les
accidents?... (*Au reporter qui fait un mouvement.*) Je vous répète que je ne prendrai

rien... D'ailleurs la « une » est bouclée... Pour la seconde page, j'ai un article sur le Transvaal, un papier de cent cinquante lignes... Et la moitié de la « trois » est envahie par les annonces...

LE REPORTER, *s'en allant.* — Bien...

LE SECRÉTAIRE. — Avant de vous en aller, vous pourriez me dire au moins ce que vous m'apportiez?

LE REPORTER. — Un gros crime.

LE SECRÉTAIRE. — Et après?... Vous ne vous imaginez pas que, pour vous, je vais refaire la deux, quand nous avons un article sur le Transvaal, signé « Un Diplomate » et que la « trois » est pleine d'annonces. Un gros crime! Qu'est-ce que vous appelez un gros crime? Une femme assassinée?...

LE REPORTER. — Juste.

LE SECRÉTAIRE. — Après cinq ans de reportage, voilà où vous en êtes? Vous croyez que le public s'intéresse encore à ces choses-

là?... On assassine tous les jours des femmes... Et après?... Celles qui restent ne
s'en portent pas plus mal...

LE REPORTER. — Cette fois, le cas est intéressant.

LE SECRÉTAIRE. — Et pourquoi? Qui a-t-on
tué? Une femme du grand monde? Le crime
bien parisien?

LE REPORTER. — Non, c'est une pauvresse
qui mendiait soit à la Villette, soit à Belleville, soit à Ménilmontant.

LE SECRÉTAIRE. — Une mendiante!... Et
c'est pour elle que vous me dérangez? Comment l'a-t-on fait disparaître? Avec un
canon Maxim?

LE REPORTER. — Non, avec un couteau...
un simple couteau...

LE SECRÉTAIRE. — Ça vaut trois lignes.

LE REPORTER. — Pardon; tout ceci est ba-
nal; mais la victime offrait une particularité
curieuse...

LE SECRÉTAIRE. — Oui, trente mille francs en or ou en sous sont cachés dans la paillasse... Je la connais...

LE REPORTER. — Vous n'y êtes pas.

LE SECRÉTAIRE. — Enfin qu'avait-elle de si extraordinaire, votre mendiante ?

LE REPORTER. — Une chose que vous ne possédez pas, ni moi non plus.

LE SECRÉTAIRE. — Quoi ?

LE REPORTER. — Si j'ose m'exprimer ainsi, elle était à la tête de trois jambes.

LE SECRÉTAIRE, *ahuri*. — Trois jambes !!!

LE REPORTER. — Plus fort que le veau à deux têtes !

LE SECRÉTAIRE. — C'est une blague.

LE REPORTER. — Pas du tout. L'assassin a même eu la délicatesse de déposer une jambe à La Villette, une autre à Belleville et la dernière à Ménilmontant, c'est-à-dire dans les arrondissements où la victime avait coutume de déambuler.

LE SECRÉTAIRE. — L'assassin balladeur.

LE REPORTER. — Un joli titre d'article...
D'autant plus que la victime était cé-
lèbre...

LE SECRÉTAIRE. — Je vous crois... avec
trois jambes...

LE REPORTER. — En parfait état d'ailleurs
avant la petite opération...

LE SECRÉTAIRE. — Mais le meurtrier ?

LE REPORTER. — On croit que c'est un ancien attaché de cabinet qui a mal tourné...
Toute la police est à ses trousses...

LE SECRÉTAIRE. — Mais c'est très intéressant, tout cela.... très intéressant... Vous
ne pouviez pas le dire plus tôt ?... Vous
serez toujours le même... Il faut vous arracher les paroles du gosier... Donnez-moi
votre copie...

LE REPORTER *hésitant*. — C'est... c'est
que... je ne l'ai pas finie...

LE SECRÉTAIRE. — Ça ne fait rien... Mettez

vous là... et faites long, le plus long que vous pourrez...

Il sonne. Le metteur en pages entre.

LE SECRÉTAIRE, *au metteur en pages*. — Enlevez l'article sur le Transvaal...

LE METTEUR EN PAGES. — Mais vous m'aviez dit...

LE SECRÉTAIRE. — Je vous dis maintenant de faire sauter cet article !... Et s'il le faut, nous enlèverons des annonces...

LE METTEUR EN PAGES, *atterré*. — Des annonces !

LE SECRÉTAIRE. — C'est compris ?

LE METTEUR EN PAGES, *qui en a vu bien d'autres*. — Parfaitement.

LE SECRÉTAIRE, *allant frapper amicalement sur l'épaule du reporter*. — Dépêchez-vous, mon petit... Dépêchez-vous...

LE REPORTER. — Vous savez .. ce crime-là,

nous serons le seul à le donner, tous mes
confrères l'ignorent.

LE SECRÉTAIRE, *joyeux*. — Vrai!... Eh bien,
demain je parlerai pour vous au patron...
Quand je pense que, ce soir, je n'avais rien
à mettre dans mon journal!

LE REPORTER. — Cependant, l'article du
diplomate...

LE SECRÉTAIRE. — Sur les Boers?... Tout
le monde l'a fait... D'ailleurs nous parlons
d'eux tous les jours... Tandis que votre mendiante!...

LE REPORTER. — Evidemment... Si les gé-
néraux boers l'avaient imitée, s'ils avaient
possédé trois jambes, ils seraient déjà en
Angleterre.

DEUX HEURES DU MATIN

LE SAUT DU MUR

A l'École militaire. Dans la chambrée où ronflent les fantassins, la chambrée où, par les hautes fenêtres sans rideaux, la lune met sur le parquet et sur les murs des clartés pâles, entre un pioupiou de vingt ans, à la face ronde, parsemée de taches de rousseur, avec la démarche lourde et gauche des paysans.

Le képi en arrière, portant sur l'épaule son ceinturon dont la boucle, en heurtant le fourreau du sabre-baïonnette, fait un bruit sec, il arrive jusqu'à son lit, lance à terre sa ceinture et son ceinturon, puis, sans se

déshabiller, se jette sur son unique matelas.

Alors un voisin, coiffé jusqu'aux yeux d'un
bonnet de coton, le drap relevé jusqu'aux
oreilles, s'agite et avec le son traînant des
paysans de la Brie :

LE VOISIN. — Dis donc, le Frisé ; c'est pas
parce que le capiston t'a octroyé une permis-
sion q' tu vas réveiller tout le monde? T'en
fais un foin !... Q' si l'adjudant t'entendait,
t'y couperais pas de tes quatre jours, mon
bleu! (*Le Frisé ne répond pas.*) Où q' t'as
été? Faire la bombe!... (*Toujours même
mutisme de la part du Frisé.*) Eh ben! t'as
donc perdu ta langue? Tu ne veux rien dire
à ton pays, à ton ancien qui n'a pus que
cent vingt-trois jours à tirer? (*Du gosier
du jeune paysan s'échappent des hoquets.*)
Bonsoir ed bonsoir! T'aurais-t-y bu? Tu se-
rais-t-y si plein q' tu ne pourrais pus t' déshabiller? A ben! ma fine! ce serait du
propre.

Le voisin quitte le lit ; et pieds nus, en che-
mise, son bonnet de coton toujours en-
foncé jusqu'aux yeux, il se lève et regarde
le jeune soldat qui, la poitrine secouée par
de douloureux hoquets, apparaît, dans la
clarté lunaire, avec une face blanche de
Pierrot souffrant.

LE VOISIN. — Ah ! bon sang ! mais i pleure,
mais i pleure ! Qué q' t'as, mon Frisé ? Tu
t'es-t-y battu ?

LE FRISÉ. — Non.

LE VOISIN. — Faut m' dire... On est du
même village... Ta mère et pis ton père
m'ont recommandé ed' te surveiller... T'es-
t-y malade ?

LE FRISÉ. — Non, laisse-moi..., laisse-
moi... J' veux pleurer...

LE VOISIN. — Faut m' dire... Ah ! nom de
nom ! J'ons deviné... C'est à cause de la
femme ed' chambre q't'as connue, y a trois
mois, au bal ed' l'Époque... C'est-t-y pas ça,
dis,... pour voir ?

Le frisé, *pleurant à chaudes larmes.* — Oui.

Le voisin, *morne.* — Ah ! si c'est tant ! (*Un silence.*) C'est Clémentine qu'a s'appelle ?

Le frisé. — Oui.

Le voisin. — Elle est ben noire ed' piau ; mais elle a des beaux yeux... Et qu'est-ce qu'a t'a fait ?

Le frisé, *pleurant toujours.* — C' qu' m'a fait ? Y a qu'à cause d'elle j' vas mourir...

Le voisin. — Quéq' tu dis là, mon fi, quéq' tu dis là ?

Le frisé. — A m'a quitté.

Le voisin. — Quand ça ?

Le frisé. — Ce soir, j'y avais donné rendez-vous dans un café... On devait dîner ensemble... J'y avais dit : « Je serai là à partir ed' six heures... — « Oui, qu'a m'avait répondu, j'y serai aussi. Mes maîtres sont à la campagne, je suis libre. » A six heures,

j'arrivais... Puis, j'ai attendu... Ç'a été long,
bien long... Les minutes, vois-tu, elles du-
raient plus que des heures... J'm'étais mis
à la terrasse... Et je regardais ! Chaque fois
que je voyais une robe rouge, j'sentais mon
cœur qui se gonflait; puis, peu à peu, i se
serrait, i devenait tout petit... J'n'le sentais
plus... Et la gorge ! Y avait des mains qui la
serraient... J'étouffais... J'ai bu pour faire
passer ça... J'étais obligé de boire.

LE VOISIN. — Ah ! si c'est tant !

LE FRISÉ. — Puis, à un instant, j'ai re-
gardé ma montre... Neuf heures .. Et personne ! A ne venait pas... A ne venait toujours pas...

LE VOISIN. — Peut-être que ses maîtres
n'étaient pas partis ?

LE FRISÉ. — C'est ce que je m'ai dit... J'ai
couru jusqu'à sa maison... La concierge
avait une lettre...

LE VOISIN. — Pour toi ?

LE FRISÉ. — Oui, pour moi... J' l'ai ouverte, cette lettre ed' malheur... (*Éclatant en sanglots.*) Et Clémentine m'y avait écrit qu'elle ne voulait plus me revoir, qu'elle ne m'aimait plus... que c'était fini... Alors j'ai vu des chandelles, des étoiles, des soleils... J'ai senti là, derrière le cou, comme si un bâton m'avait frappé... J'ai marché... marché... à travers des rues... des boulevards... Et me voilà !

LE VOISIN. — Mon pauvre Frisé... mon pauvre petit pays !

LE FRISÉ. — Et maintenant, où est-elle ? Au bal sans doute !... J'ai pas voulu y aller d' t' à l'heure... Mais maintenant, j' peux pus y tenir... Elle danse avec un autre... A lui dit sans doute des choses qu'a m'a déjà dites... (*Se jetant à bas du lit :*) Ah ! si j'étais sûr qu'elle y soye, au bal ! (*Il serre les poings.*)

LE VOISIN. — Voyons, tiens-toi... Reste tranquille.

LE FRISÉ, *furieusement.* — Je suis certain qu'a y est...

LE VOISIN. — Non... non...

LE FRISÉ. — Si... si... J' vas m'y rendre...

LE VOISIN. — Non.

LE FRISÉ, *d'une voix sourde.* — J' vas.

> Il enfonce son képi sur sa tête et boucle son ceinturon.

LE VOISIN. — T'as beaucoup bu, Frisé.

LE FRISÉ. — Oui, six absinthes... J'ai bu...

LE VOISIN. — Couche-toi.

LE FRISÉ. — Non... non...

LE VOISIN, *essayant de décrocher le ceinturon du Frisé.* — Veux-tu te coucher ? Veux-tu te mettre au pieu ?

LE FRISÉ. — Non, j' veux sauter le mur, j' veux le sauter.

LE VOISIN. — T' l' sauteras pas. Y a ton père, y a ta mère qui m'ont dit ed' te surveiller... Si on te chopait, c'est huit et quinze...

LE FRISÉ. — Y a pas de père ni de mère en ce moment. N'y a qu'une femme qui me fait du mal... Et je veux la r'voir... Ote-toi de mon chemin... parce que j'sais pas c'que j'ai dans les yeux... J'vois rouge...

LE VOISIN, *l'abandonnant*. — Va, mon petit... Oh! la femelle!

> Le Frisé met droit son képi; il ôte son ceinturon qu'il tient dissimulé sous sa capote.

LE FRISÉ. — J'vas au bal... Et si Clémentine y est... et si all' danse avec un autre... T'entends, mon ancien, t'entends?... Eh ben! j'me suis jamais servi de ma baïonnette... mais c'te fois!...

> Il se met à courir; une porte se referme : le Voisin entend des bruits de pas rapides dans un escalier et, par la pensée, il suit

le petit pioupiou qui traverse un corridor,
puis des cours, qui arrive enfin devant un
mur très haut.

LE VOISIN, *se recouchant*. — Bon sang de
bon sang ! Si en sautant le mur, i pouvait s'
casser la jambe !

GRAND ELECTEUR

Un cabaret de nuit où fréquentent à la fois
des hommes du monde et des cocottes.

Musiciens en habit de couleur, ainsi qu'il est
prescrit selon le rite. Valses et mazurkas
à la cantonade.

De la verdure. Des palmiers et encore des
palmiers. Le désert sur 40 mètres de long
et 1 mètre 80 de large, mais un désert où
l'on s'écrase.

Dans un coin, assis à côté de sa maîtresse,
mademoiselle Jeanne du Tournay, qui est
un peu âgée, soupe un gentleman, au col
très haut, et aux cheveux très longs.

Tout à coup, ce jeune homme et cette femme

mûre aperçoivent mademoiselle Milliard, une personne qui a justifié son surnom en ne connaissant que des messieurs très chics et non moins fortunés.

MADEMOISELLE DU TOURNAY. — Tiens, Milliard, ça va bien ?

LE GENTLEMAN. — Vous êtes tout seule ?... Qu'avez-vous fait du baron ?

MADEMOISELLE MILLIARD. — Il ne s'amuse pas, à l'heure actuelle, le baron.

LE GENTLEMAN. — Pourquoi ? Il a la plus jolie femme de Paris...

MADEMOISELLE MILLIARD. — Merci.

MADEMOISELLE DU TOURNAY. — ... Les plus beaux chevaux de courses.

LE GENTLEMAN. — ... Des automobiles superbes.

MADEMOISELLE DU TOURNAY. — Qu'est-ce qu'il veut encore ?

MADEMOISELLE MILLIARD. — Vous le savez bien... Il a voulu devenir député.

LE GENTLEMAN. — C'est un manque d'élégance.

MADEMOISELLE MILLIARD. — Député monarchiste, il trouvait ça coquet.

LE GENTLEMAN. — Peuh! vous croyez? Enfin, il a été élu.

MADEMOISELLE MILLIARD. — Oui, la corruption a chauffé. Nous avons arrosé des ponts, des chemins vicinaux, des veuves à la tête de trois amants et des orphelins qui avaient trente-six pères. Nous avons donné des pompes, des ceintures de gymnasiarques, des bannières d'orphéonistes...

MADEMOISELLE DU TOURNAY. — On en est encore là en province?

MADEMOISELLE MILLIARD. — Dans les villages, si les hommes n'étaient pas pompiers ou orphéonistes, comment se distrairaient-ils?... Enfin, le baron est arrivé à son but. Grâce à la corruption et au Préfet du département, un homme charmant d'ailleurs, qui reçoit très bien paraît-il, l'arrondissement qui était républicain est devenu monarchiste. Et le baron a passé.

Le gentleman. — Eh bien ? De quoi se plaint-il ?

Mademoiselle Milliard. — Toute médaille a son revers. Le baron expie en ce moment.

Mademoiselle du Tournay. — Expliquez la devinette.

Mademoiselle Milliard. — Depuis ce matin, nous promenons un de nos électeurs... un notaire de la Dordogne. Il paraît que dans son village (quinze cents habitants, patache à tous les trains), le notaire, en sa qualité de maire, est très influent. Pour le rallier à à sa cause, mon ami avait dû promettre à l'officier ministériel de lui faire connaître la grande vie, quand il viendrait à Paris.

Mademoiselle du Tournay. — Et le tabellion s'est amené ?

Mademoiselle Milliard. — Et il a fallu tenir

parole... C'a été, ce matin, le déjeuner au Bois,... l'après-midi les courses,... à cinq heures, la promenade aux Acacias... à huit heures, le dîner aux Ambassadeurs.... puis la soirée aux Folies-Bergère... Et enfin, vous voici.

LE GENTLEMAN. — Nous ? Mais vous êtes toute seule !

MADEMOISELLE MILLIARD. — En ce moment, le baron aide le notaire à descendre de voiture. Il n'a pas l'habitude des grands dîners, le tabellion... Et les vins, l'alcool ont tapé sur sa caboche. Tenez, il entre...

> Devant le baron, aux épaules larges de sportsman, à la belle barbe blonde, marche péniblement le notaire, vêtu d'une redingote ample et large, d'une coupe provinciale soignée. Au-dessous d'un col aux pointes qui lui entrent dans le cou, le notaire a une cravate noire, large de trois centimètres, nouée en un petit nœud raide. Un chapeau trop bas, — le chapeau des grandes

fêtes, enfermé pendant des années dans
l'armoire conjugale, — surmonte le visage
rasé, creusé de rides, dans lequel, au-dessus
d'un nez mince, brillent des yeux malins,
noyés, ce soir, à cause des bons vins ab-
sorbés.

Le baron salue le gentleman et mademoiselle
du Tournay que le notaire regarde à peine.

LE NOTAIRE, *continuant la conversation.*
Au baron. — Oui, l'arrondissement est
maintenant profondément monarchiste, monsieur le député. J'ose dire qu'il l'est... Mais
il faut ajouter une chose. C'est que je vous
ai bien aidé, n'est-ce pas ?

LE BARON. — Certainement.

LE NOTAIRE. — Vous aviez besoin, au scru-
tin de ballottage, de trois cents voix : c'est
moi qui vous les ai procurées. J'ai fait
de la propagande... J'en ai fait à mort.
(*A mademoiselle Milliard :*) Parce que
moi, voyez-vous, il y a encore quelques
mois, j'étais comme les autres, un républi-

cain, un vrai... Seulement, quand j'ai entendu
monsieur le baron nous expliquer que la République voulait frapper le capital, abolir la
liberté de conscience, j'ai dit : « Non,
halte-là ! » Et je suis devenu monarchiste
convaincu.

> Il agite les bras, trébuche et manque de tom-
> ber.

MADEMOISELLE MILLIARD. — Si vous vous
asseyiez ?

LE NOTAIRE, *ôtant son chapeau et s'essuyant
le front avec son mouchoir.* — Merci bien,
madame la baronne... (*Il s'asseoit. Tiradant
de nouveau :*) Il ne faut pas croire que j'ai
changé d'opinion parce que notre député
m'avait promis de m'amener ici... Mais je
tiens à lui dire qu'il m'a fait un plaisir, un
grand plaisir... (*Très tendre. Avec des
larmes dans la voix.*) Laissez-moi vous
serrer la main, monsieur le baron. (*Le baron*

donne une main.) Ah ! c'est un grand honneur que vous me faites ! Seulement, vous
savez que je ne suis pas un ingrat... Vous
n'en trouverez pas beaucoup d'électeurs,
comme moi.

LE BARON. — Oui, mon ami, oui... Seulement, je crois que nous avons parlé suffi-
samment politique... Vous êtes dans un endroit élégant... Regardez autour de vous.
Distrayez-vous.

LE NOTAIRE, *lorgnant une grande dame
brune qui valse avec une petite blonde.* —
Il y a de bien belles personnes ici... Oh ! la
grande brune ! Elle en a des yeux !

LA DAME BRUNE, *qui a entendu. S'arrêtant
de valser. Au notaire.* — Tiens, mon oncle !
(*Avec une grimace.*) Vous allez bien, mon
oncle ? Vous en avez un joli petit chapeau !...

LE NOTAIRE, *convaincu.* — Vous valsez bien.

LA DAME BRUNE. — C'est tout ce qu'on m'a
appris dans mon enfance... J'ai chaud...

Vous m'offrez un peu de champagne?

LE NOTAIRE. — Si vous voulez... J'ai gagné cinq cents francs aux courses. Je peux bien être aimable avec les dames.

> La dame s'asseoit à côté du notaire. Le baron et ses amis s'écartent un peu et écoutent sans rien dire.

LA DAME BRUNE. — Vous avez gagné cinq cents francs? Vous aviez un tuyau?

LE NOTAIRE. — Non, j'ai mis de l'argent sur un cheval qui s'appelait Flûte, parce que j'en joue, moi, de la flûte, pour me distraire.

LA DAME BRUNE. — Tu n'es pas d'Asnières?

LE NOTAIRE. — Non.

LA DAME BRUNE. — Je veux dire de la province?

LE NOTAIRE. — Si.

LA DAME BRUNE. — Ça se voit. Tu es venu avec ta femme?

LE NOTAIRE. — Non.

LA DAME BRUNE, *appelant la dame blonde avec laquelle elle valsait.* — Ça ne te fait rien que mon amie boive avec nous ?

LE NOTAIRE. — Au contraire. Plus on est de fous, plus on rit. *(Au baron.)* Ah ! ce Paris, comme on s'y amuse ! Ça vaut mieux que la politique.

LA DAME BRUNE. — Ne parle pas de ça ici. *(A un Américain qui entre.)* James, je te présente mon oncle.

L'AMÉRICAIN, *regardant le notaire.* — Ah ! il a vieilli beaucoup.

LE NOTAIRE. — Voulez-vous prendre quelque chose avec nous ?

L'AMÉRICAIN. — Oui, puisqu'on m'a présenté.

LA DAME BRUNE, *à un gigolo qui entre.* — Veux-tu prendre du champagne avec mon oncle ?

LE GIGOLO. — Je veux bien.

LE NOTAIRE, *pouffant, très ivre.* — Il n'y

a qu'à Paris qu'on voit ça... Je m'amuse !
(*Se levant. Un verre à la main. Au baron.*)
Mon député, à votre santé.

LE BARON, *très ennuyé.* — Merci, merci...

LE NOTAIRE. — Vive le Roi !

LA DAME BRUNE. — Vive mon oncle !

Tout le monde rit et trinque.

LE NOTAIRE, *au baron.* — Ah ! mon député,
pour une fin de soirée, c'est une bonne fin
de soirée !

LE BARON, *debout.* — Allons, tant mieux.
Maintenant, je vous laisse. Vous n'avez plus
besoin de moi.

Il fait un signe à mademoiselle Milliard.
Celle-ci se lève.

LA DAME BRUNE. — Mon oncle, voulez-vous
valser ?

LE NOTAIRE. — Oh ! non.

LA DAME BRUNE. — Si, si, viens.

LE NOTAIRE, *au baron*. — Mon député, vous ne le raconterez jamais au pays ?

LE BARON. — Soyez tranquille.

LE NOTAIRE. — C'est que... valser ici... comme ça !

LE BARON. — C'est de votre âge... Allez.

LA DAME BRUNE, *pouffant, à la galerie*. — Quel joli couple on va former... Seulement, mon oncle, il faut enlever ton chapeau... Tu aurais trop chaud...

LE NOTAIRE. — Oui, oui, c'est une idée.

LA DAME BRUNE, *caressant le crâne du notaire*. — Oh ! le bel œuf d'autruche : comme il est bien poli, bien astiqué... Combien de temps ta femme met-elle à le faire reluire chaque matin ? (*L'entraînant*.) Allons, viens valser.

> Une galerie se forme autour du couple. Des gens, rient et crient, d'autres ont une petite moue de mépris, mélangé de pitié.

Des voix. — Hurrah pour l'oncle ! Il valse dans un fauteuil. Oh ! la belle arrivée ! A vingt contre un, le champ contre mon oncle.

> Cependant, la dame brune qui s'est offert la tête du notaire pendant quelques instants, trouve la plaisanterie suffisante. Elle abandonne tout à coup le tabellion rouge, suant et soufflant ; mais lui continue de valser seul aux applaudissements de la galerie qui l'encourage.
> Soudain, il trébuche, tombe et s'étale de tout son long à terre.

Le gentleman, *s'en allant, au baron.* — Un électeur sur le carreau. La revanche du Député !

LA PRINCESSE

I

D'une porte basse d'un grand restaurant de
nuit, sortent deux gentilshommes.

Ils ont de grands feutres mous, — et sous les
feutres, des cheveux très frisés et, aussi, de
belles moustaches noires aux pointes qui
semblent vouloir embrocher les étoiles.

Et dans leurs pardessus qui tombent jusqu'aux talons, minces, nerveux, le visage
amaigri. Ils vont, — tels des mousque-
taires.

ANATOLE: — Dis donc, vieux frère?... Au
fait, comment t'appelles-tu ?

Paolo *avec un fort accent italien.* —
Paolo, ze m'appelle Paolo.

Anatole. — Ça te regarde... Alors, mon
vieux Paolo, nous n'avons, chacun, ce soir,
que douze francs de recette?

Paolo *levant les bras.* — Mais c'est oune
sommè souperbe!

Anatole. — Tu trouves?

Paolo. — Et quoi donc, vous voudriez?

Anatole. — Davantage. Tu comprends,
moi, j'ai l'habitude de râcler des cordes dans
les bastringues... A ce métier-là, je gagne
quinze francs par jour... Or, ton chef est
venu me voir... Comment s'appelle-t-il, au
fait?

Paolo. — Livriani.

Anatole. — P'faitement... te...ment... te...
ment... Eh bien, le grand duc de Livriani...

Paolo. — Oh! c'est oune homme admirable :

Anatole. — ...Te...ment... t'ment... Eh

bien, cet homme admirable est venu me voir
aux Batignólles, un endroit que j'habite et
qui, d'ailleurs m'a donné le jour... Il m'a dit
que les Tziganes avaient fait leur temps,
qu'on n'en voulait plus dans les endroits
élégants, et qu'il dirigeait un orchestre napolitain destiné à remplacer les Tziganes.

PAOLO. — C'est la vérité, mon zher, la vérité claire comme le printemps...

ANATOLE. — Son deuxième violon, qu'il
amenait de Naples, est tombé malade... (*Levant son feutre et se baissant jusqu'à terre.*)
J'ai eu l'honneur de le remplacer...

PAOLO. — Oune honneur, comme vous
dites...

ANATOLE. — Ferme tes lèvres. Tu penses
que de remplacer un second violon, qu'il
soit de Naples ou de Paris, ce n'est pas
une volupté qui me donnait le frisson ? Mais
je me disais : « On va me fournir un beau
costume tout neuf... »

10.

PAOLO. — Vous l'avez.

ANATOLE *entr'ouvrant son pardessus.* — Je te crois : Un pantalon blanc, une veste blanche, une ceinture rouge... J'ai l'air d'un gymnasiarque... (*Boutonnant son pardessus.*) Et puis après ?

PAOLO. — Et quoi donc encore, vous voudriez ?

ANATOLE *s'arrêtant et croisant les bras. Furieux.* — Ce que je veux ? Tu ne l'as pas encore saisi ?

PAOLO. — Mon zher, non...

ANATOLE. — Mais je voulais une Reine! Je me disais : « Puisque les Tziganes ont fait leur temps et que ce sont les Napolitains qui les remplacent, les Napolitains doivent être plus forts que les Tziganes. Ceux-ci dénichaient des princesses, nous autres, nous enlèverons une Reine... ou sa sœur !... L'une a une couronne, l'autre en manque, mais c'est un objet qui se prête dans les familles... »

Et qu'est-ce que j'ai décroché?... Même pas
une baronne romaine ! *(Très calme.)* Voyez-
vous, mon cher, la troupe de Livriani n'est
pas sérieuse.

PAOLO *indigné*. — Oh ! pas sérieuse !

ANATOLE. — Assez ! Moi, je n'accepterai
jamais douze francs seulement pour jouer du
violon toute une soirée et simuler une natio-
nalité que je n'ai pas. A un moment, ce soir,
une dame très bien, avec des bras nus et un
gros collier de perles m'a crié : « Hé, là-bas
l'Italien ! Chante-nous Santa Luccia. » Je
connais *Les p'tits Pavés*, mais Santa Luccia !
Comme je ne sais pas l'italien, j'ai dû, pour
ne pas répondre, faire le sourd-muet. Eh
bien ! douze francs pour imiter les sourds-
muets, ce n'est pas assez cher.

PAOLO. — Oh ! ces Français !

ANATOLE. — Et depuis un mois que je travaille avec vous, je n'ai pas eu la moindre
aventure. Je parlais tout à l'heure d'une

Reine... Mon Dieu! une marquise, une simple marquise m'aurait distingué !... Quand vient mon tour de quête, elle m'aurait remis un poulet avec des mots dans ce genre : « Mon bel Italien aux yeux noirs » ou « Mon bel Andalou. »

PAOLO. — Non, les Andalous, ce sont des Espagnols...

ANATOLE. — Enfin, à défaut de marquise, j'aurais rencontré seulement une baronne ou une comtesse... Même une vicomtesse. Tout ça, c'est toujours des nobles... Eh bien, j'aurais été content, très content... j'aurais épousé... Et nous serions allés finir nos jours à la campagne... Mais rien... rien... Je suis écœuré... J'abandonne la partie...

II

A ce moment, on entend le galop furieux
d'un cheval; les bruits de galop se rappro-
chent. Anatole et Paolo aperçoivent un
fiacre qui monte sur les trottoirs, retombe
en tressautant !sur les pavés; puis des cris
perçants de femmes appelant : « Au secours! au secours! » s'échappent de la
voiture.

ANATOLE. — Un cheval emballé ! Des
femmes que crient! (A Paolo.) Tiens-moi
mon violon.

Et d'un bond, Anatole s'élance vers le cheval;
il le saisit aux naseaux, s'y cramponne, se

laisse traîner pendant cinquante mètres et finit par arrêter la bête qui, vaincue, tombe sur les genoux.

ANATOLE *ouvrant la portière, le chapeau à la main.* — Mesdames, j'ai bien l'honneur.

Du fiacre descendent une grosse dame de quarante-cinq ans, très congestionnée, et une jeune fille de dix-huit ans, toute pâle.

LA GROSSE DAME, *tombant dans les bras d'Anatole.* — Oh! notre sauveur! Notre sauveur!

ANATOLE, *plus Régence que le Régent lui-même.* — Madame... Mademoiselle!

LA GROSSE DAME, *à la jeune fille.* — Cécile?

LA JEUNE FILLE. — Maman?

LA GROSSE DAME. — Où est mon éventail?

CÉCILE. — Tu l'as cassé en frappant sur la portière.

LA GROSSE DAME. — Oh! mon Dieu! Oh!

mon Dieu !... Un éventail de cent cinquante
francs que ton pauvre père m'avait donné !...
(*Fouillant dans sa poche.*) Attends ! que je
paye le cocher... J'en ai assez de lui... et de
sa voiture... Tu m'entends ! Jamais, à l'avenir, je ne reprendrai de fiacre... jamais...
jamais ! (*Elle paye le cocher et s'effondre
encore dans les bras d'Anatole.*) Ah ! monsieur !... Ah ! notre sauveur !...

ANATOLE. — Ces dames ont peut-être envie de se remettre ? Il y a encore une brasserie ouverte, juste en face. Si ces dames
voulaient permettre ? Nous les accompa
gnerions.

LA GROSSE DAME. — Comment donc !...
Comment donc !... Après tant d'émotions !...
Oui, je prendrais bien quelque chose....

III

Cinq minutes après, la grosse dame et sa fille sont assises dans la brasserie. En face d'elles, Anatole et Paolo.

LA GROSSE DAME. — Je vais mieux... Le petit verre de cognac que j'ai bu m'a fait du bien... Et toi, Cécile ?

CÉCILE. — Moi aussi, je vais mieux.

LA GROSSE DAME, *serrant fortement les mains d'Anatole.* — Ah ! monsieur ! Ah !. monsieur ! Quand je pense à ce qui s'est passé !... Nous allions à la mort... Et c'est vous qui... Ah ! monsieur ! Ah ! monsieur !

PAOLO. — Il a été admirable !... Nous

voyions le zheval... Nous entendions la voiture... puis vos cris... Que dis-ze? des cris?...
Des clameurs, des *voziférazionnes!...* (*Désignant Anatole.*) Et lui, il était calme, il ne
bronzhait pas... Il attendait le zheval...
Quand il est passé, M. Anatole s'est préci-
pité... Admirable Anatole!... Il avait l'air de
zouer avec la bête.

CÉCILE, *à Anatole,* — Je me rends compte
du danger que nous avons couru... Et je
vous prie de croire, Monsieur, que mère et
moi, nous vous garderons une éternelle
reconnaissance.

ANATOLE, *simple.* — Bah! ce que j'ai fait,
tout le monde l'aurait fait.

PAOLO. — Oh! non, pas tout le monde.

LA GROSSE DAME, *avec volubilité.* — Certes,
oui... Monsieur a bien raison Tout le
monde ne se jette pas à la tête d'un cheval emporté... Ce serait trop commode...
(*A Anatole.*) Figurez-vous, nous revenions

11

d'une soirée aux Batignolles... (*Se frappant la poitrine.*) Je suis veuve, monsieur... Mon pauvre mari a été pendant quarante ans commissionnaire aux Halles... Nous avons une certaine aisance... trente mille francs de rentes à manger par an...

ANATOLE. — C'est un chiffre...

LA GROSSE DAME. — Cependant, nous n'allons guère dans le monde... parce que moi, quand arrive dix heures du soir... Vous savez, l'habitude du commerce.. Mais il ne faut pas penser qu'à soi dans la vie, n'est-ce pas, Monsieur ? Aussi, j'étais bien contente d'emmener Cécile en soirée... Elle a eu d'ailleurs un succès !... Mais quand je songe qu'au retour, elle allait peut-être trouver la mort !

CÉCILE. — J'ai eu bien peur, en effet, maman.

LA GROSSE DAME, *embrassant sa fille.* — Pauvre mignonne ! Pauvre chérie ! (*A Ana-*

tole. Que pourrai-je faire pour vous remercier ?

ANATOLE. — C'est fini, n'en parlons plus.

LA GROSSE DAME. — Ah ! bien !... Ah ! bien !... Tu entends, Cécile ? Monsieur ne voudrait rien accepter. (*Regardant le costume napolitain d'Anatole.*) Tiens ! Vous êtes déguisé... Vous venez de soirée aussi ?

ANATOLE. — Non, je sors de jouer du violon...

LA GROSSE DAME. — C'est votre état ?

ANATOLE. — Oui.

LA GROSSE DAME. — Un musicien ! Ma fille qui aime tant le piano !

ANATOLE. — Ah ! mademoiselle ?...

CÉCILE. — Oui, monsieur ; j'adore la musique.

LA GROSSE DAME. — Un artiste ! J'ai devant les yeux un artiste ! Vous n'êtes pas marié ?

ANATOLE. — Non, madame.

LA GROSSE DAME. — C'est ennuyeux...

parce que ma fille a toujours eu envie d'être accompagnée au piano par un violon... Si vous aviez été marié, je vous aurais dit de venir...

CÉCILE. — Oh! maman! qu'importe? puisque tu seras là?

LA GROSSE DAME, *avec un bon rire.* — C'est vrai... Je serai là! Je vous écouterai... Vous me jouerez des valses... (*A Anatole.*) Dites, monsieur, vous pourrez venir?... Je payerai ce qu'il faudra.

ANATOLE. — Merci, madame; mais je serai trop content d'être agréable à mademoiselle votre fille... Je ne réclamerai pas de cachet...

LA GROSSE DAME. — Ces artistes! tous pareils! Ils ne pensent pas à l'argent... Enfin, venez! Vous n'aurez pas à vous en repentir... Je vous offrirai un violon, un beau, tout ce qu'il y aura de plus cher... Ah! ne dites pas non, cette fois-ci, vous me désobligeriez...

(*Regardant Anatole avec admiration. —
A Cécile.*) Comme monsieur a bien l'air
artiste !

Cécile, *jetant un regard tendre sur
Anatole*. — Oh ! oui, maman.

La grosse dame. — C'est un jeune homme
comme lui, qu'il te faudrait, tiens, si tu te
mariais !

Cécile, *rougissante*. — Oh !

La grosse dame. — Ne rougis pas, ma
chérie. C'est ton sauveur, notre sauveur...
On peut bien dire cela devant lui.

Cécile. — Mais tu le gênes.

Anatole, *embarrassé*. — Un peu, en effet.

> Cécile regarde Anatole, soupire et rougit en-
> core. Un silence. Le plus éloquent des
> silences.

La grosse dame. — Eh bien ! maintenant,
nous voici restaurées. Nous allons partir.
(*Appelant.*) Garçon !

Anatole. — Que voulez-vous faire ?

LA GROSSE DAME. — Payer, parbleu !

ANATOLE. — Eh bien ! Il ne manquerait plus que cela.

LA GROSSE DAME. — Comment ! Vous entendez régler ? Ah ! non, jamais de la vie.

ANATOLE. — C'est ce que nous allons voir.

> Malgré les dénégations de la grosse dame, il paye les consommations ; puis comme la mère et mademoiselle Cécile habitent à peu de distance de la brasserie il offre de les reconduire. Ce qui a lieu ; la grosse dame remorquée par Paolo, la jeune fille au bras d'Anatole.

LA GROSSE DAME, *à Anatole.* — Nous voici arrivées... Merci, monsieur... Vous viendrez nous voir... Retenez bien le nom et l'adresse... Madame Dubourg, 5, rue de la Pépinière, 5.

CÉCILE. — Oh ! oui, monsieur, à bientôt, n'est-ce pas ?

Il y a un bec de gaz tout proche. Anatole
voit les yeux de Cécile fixés sur lui, des
yeux inquiets et suppliants.

ANATOLE, *ému*. — Oui, mademoiselle... A
bientôt...

Puis les femmes rentrent.

ANATOLE, *les bras croisés sur la poitrine*.
— Regarde-moi, Paolo.

PAOLO. — Je regarde.

ANATOLE. — Crois-tu que j'aie découvert la
princesse?

PAOLO. — Oui; mais ce n'est pas en jouant
du violon... Le métier, le nôtre, n'est plus
bon... Pour se marier rizhement, on doit, à
présent, arrêter des fiacres.

ANATOLE. — Dans dix ans, ce sera des
trains. La vie moderne a des exigences terribles pour qui veut réussir.

CHEF D'ÉCOLE

Ils rentrent.

Lui, c'est M. Marcel d'Aujourd'hui, un poète
de 22 ans, aux cheveux coupés courts, te-
nue élégante, cravate distinguée.

Elle, c'est mademoiselle Sylvie, une fillette
de 18 ans, aux yeux de chatte.

En guise de bouche, un piment rouge. Des
cheveux de soleil.

Et comme Lui, coquettement habillée.

Ils rentrent dans un petit appartement d'un
sixième étage de la rue de Châteaudun.

La chambre à coucher, tendue d'andrinople,
ressemblerait à celle d'une cocotte banale,
n'étaient épinglés au mur, jetés follement,

11.

capricieusement, ainsi que dans un atelier
de peintre, des esquisses et des dessins.

Sylvie, *se précipitant au cou de Marcel.*
— Ah! chéri! chéri!

Marcel. — C'est gentil, chez toi.

Sylvie. — Tu regardes mon appartement
avant de m'embrasser?

Marcel, — Je regardais parce que je me
demandais avec inquiétude où tu m'emmenais.

Sylvie. — Tu avais peur de l'horrible
chambre meublée, n'est-ce pas?

Marcel. — Je serai franc. Je la redou-
tais.

Sylvie. — Ah! je comprends ton idée! Il
te faut du décor, n'est-ce pas?

Marcel. — Le décor est nécessaire aux
poètes.

Sylvie. — Et comme tu l'es, poète! Ah
cette nuit! Quand, avec les camarades, à la
brasserie, je t'ai entendu dire tes vers; tu ne

peux t'imaginer combien j'ai été remuée :
J'en ai vu des poètes ! J'en entends tous les
jours réciter des vers, mais toi !

MARCEL. — Qu'est-ce que j'ai de plus que
les autres ?

SYLVIE. — D'abord beaucoup plus de ta-
lent. Ensuite, veux-tu que je te le dise ? Tu
es élégant... Et tu ne portes pas les cheveux
longs... les cheveux absaloniens, si gras
qu'avec eux on pourrait assaisonner une sa-
lade pour dix personnes... Toi, tes cheveux
sont courts... C'est original chez un poête...

MARCEL. — Je vois que tu m'as compris
tout de suite... Tu as deviné que je voulais
fonder une école... Car pour parvenir, il
faut d'abord être chef d'école... Ce n'est
pas pour rien que je m'appelle Marcel d'Aujourd'hui. Je tente une révolution. Je serai
le chef des poètes élégants, aux cheveux
courts et aux idées longues.

SYLVIE. — Comme tu as raison ! Moi, n'est-ce pas? Je pose toute la journée... Une foule de peintres me demandent comme modèle, parce que j'ai le buste, et puis les mains. Et un modèle qui a le buste et les mains...

Marcel. — De plus, tu possèdes une des plus belles tailles de Paris. Quant à tes mains, oh ! qu'elles sont jolies tes menotes, si lóngues, si fines, si effilées !

Sylvie. — Je les soigne.

Marcel. — Mais ce qui m'a ravi, c'est de voir un modèle bien habillé, on n'en rencontre jamais... Et, toi, tu as un chic ! Ta robe te moule comme un gant.

Sylvie. — C'est justement parce que je suis comme toi... Je renverse les traditions... Je suis le Modèle Élégant... Aussi, j'ai un succès ! D'ailleurs, tu le croiras si tu le veux... mais mon père était député.

Marcel. — Le mien aussi.

Sylvie, — C'étaient des bourgeois...Mais...

Marcel. — Avec le sens de la Beauté,

ils nous ont donné aussi celui de l'Élégance.

Sylvie. — Et j'ai deviné, va, tout de suite, ce soir, que tu me ressemblais... Des affinités s'établissaient entre nous... Ah ! quand je t'ai entendu déclamer ton ode à la « Poudre de riz. »

Déclamant :

Et parmi les roses pâmées,
Je vois le corps des bien-aimées,
Les beaux corps blancs aux seins fleuris.
Oh ! mystère divin des choses !
Neige des corps, rougeur des roses !
Pour deux sous de poudre de riz ?

Sylvie, *continuant*. — Ça n'a l'air de rien cette première strophe ; on peut même être étonné d'abord en l'écoutant... Mais quand on a entendu toutes les autres, on se rend compte de ton œuvre... Tu aimes les fards, les parfums, tout ce qui nous rehausse l'élégance... Et alors, ainsi que tes bien-aimées, on a envie de se rouler parmi les roses... en ta compagnie.

MARCEL, *d'un ton convaincu.* — Ce qui fait ma force et ce qui sera ma gloire, c'est d'unir au sentiment de la Beauté le Chic moderne.

SYLVIE. — Exactement comme moi. Je ne comprends la beauté que bien habillée.

MARCEL. — Il ne faut cependant pas qu'elle reste toujours dans sa gaîne?

SYLVIE, *l'embrassant.* — J'ai les mêmes idées que toi mon chéri.

MARCEL. — L'heure du sans-peignoir a peut-être sonné?

SYLVIE, *riant.* — Et celle du sans-culotte? (*Sérieuse.*) Mais au fait?

MARCEL. — Quoi donc?

SYLVIE. — Auparavant, tu vas me permettre?...

MARCEL. — Parlez... parlez... ô mademoi-

selle... Et ce que vous ne direz pas, chantez-
le...

SYLVIE. — Avant de faire dodo, il faut que
j'aille voir mes enfants.

MARCEL. — Tes enfants?

SYLVIE. — Viens avec moi, ô mon aimé.

Elle l'entraîne dans son cabinet de toilette.

SYLVIE. — Regarde d'abord le cher petit.

Elle montre un petit chat tout noir qui, roulé
en boule, dort du sommeil profond de
l'enfance féline.

MARCEL. — Oh, qu'il est mignon !

SYLVIE. — Tu les aimes, les minets ?

MARCEL. — Je les adore.

SYLVIE. — Si tu ne les aimais pas, tu ne
serais pas poète.

MARCEL. —Comment l'appelles-tu, ce jeune
homme ?

SYLVIE. — Il répond au nom de « Perse. »

MARCEL. — Parce que ?

SYLVIE. — Perse... Les Shahs... (*Mettant les deux bras autour du cou de Marcel.*) Je suis idiote, pas ?

MARCEL. — C'est si bon d'être bête. (*Avec un petit cri de surprise.*) Mais tu as aussi un caniche ?

SYLVIE, *montrant une cage*. — Et ces oiseaux, tu vois !... Chardonneret... pinson... bouvreuil. Tout ce qu'il faut pour chanter...

MARCEL. — Et te réveiller...

SYLVIE. — Pierrette de Paris, j'aime les pierrots.

MARCEL. — Comme moi... Maintenant, nous avons constaté que la ménagerie se portait bien... Le dompteur et la dompteuse ont-ils le droit de passer à d'autres exercices ?

SYLVIE. — La ronde sera terminée dans un instant... Viens encore.

MARCEL. — Que vais-je voir?

SYLVIE, *ramenant Marcel dans la chambre, puis entr'ouvrant la croisée.* — Regarde.

MARCEL. — Oh! des fleurs !

Et c'est en effet, ur une terrasse minuscule, une débauche de plantes grimpantes et de fleurs qui, dans le soleil levant, commencent de s'épanouir et laissent évaporer de légers parfums...

SYLVIE. — C'est joli, hein? c'est gai?

MARCEL. — Du printemps...

SYLVIE. — De la Beauté élégante?

MARCEL. — Avec un peu de sentiment... C'est toi et moi... Je suis bien heureux de t'avoir rencontrée... Tu m'inspires un volume de vers qui fera sensation.

SYLVIE. — Chéri?

MARCEL. — Mon Ève parisienne?

SYLVIE. — Diras-tu que lorsque tu m'as

rencontrée, j'avais un chapeau garni de vio-
lettes qui venait de la rue de la Paix?

MARCEL. — Si tu le désires.

SYLVIE. — Et tu célébreras aussi la délicatesse de ma robe?

MARCEL. — Volontiers.

SYLVIE. — Comme tu vas faire plaisir à ma
couturière et à ma modiste !

MARCEL. — Il faut rénover l'Art. Gloire
du corps, tu n'es pas la seule victorieuse ! Il
y a aussi la gloire de la Toilette... Et je te
chanterai aussi, divine Toilette. (*Embrassant Sylvie.*) Grâce à toi, l'école des poètes
aux cheveux ras est définitivement fondée.

SYLVIE. — Si les gens de l'Antiquité voyaient
cela, hein? est-ce qu'ils rageraient?

MARCEL, *très grave.* — Ils mourraient
deux fois.

LA BONNE DIVETTE

A la fin de Mars.

Avenue des Champs-Élysées, madame Richard, une personne de cinquante ans, préposée au balayage de la Ville, est en train de faire voler autour d'elle des nuages de poussière. Elle apporte à ce travail une conviction ardente, la conviction des fonctionnaires qui se rendent compte de l'importance de leur mission... Et autour d'elle, les nuages volent, volent...

MADAME RICHARD, *murmurant entre ses dents*. — Et aïe donc! Et aïe donc! Ouf!

Tout de même, c'est fatigant ! Et puis, je finis par ne plus y voir clair... Vilaine poussière, sacrée poussière ! Si je m'arrêtais une minute ? (*Elle cesse de balayer et, appuyée sur son balai, elle regarde autour d'elle*). Quel beau temps, aujourd'hui ! Le soleil commence de se montrer. Ah ! les gens qui vont aller au Bois, tout à l'heure, seront heureux.

> La digne balayeuse en est là de ses réflexions quand tout-à-coup elle entend un cri. C'est un Cocher, qui, du haut de son siège, l'interpelle.

LE COCHER. — Oh ! mais, qu'est-ce que j'aperçois ? Madame Richard !...

MADAME RICHARD, *regardant son interlocuteur*. — M. Laurent !

LE COCHER, *sautant de son siège*. — Oui, oui, Laurent, le papa Laurent. Vous me reconnaissez ?...

MADAME RICHARD. — Si je vous reconnais !

LE COCHER, *se mettant à rire*. — En voilà un hasard, croyez-vous ? Depuis cinq ans, on ne s'était pas revu ; et crac, je vous retrouve...

MADAME RICHARD. — Au moment où vous alliez presque m'écraser ?

LE COCHER, *riant toujours*. — J'ai écrasé quelques personnes dans ma vie ; je ne l'ai pas toujours regretté... Mais si j'avais été la cause de votre mort, ah ! morbleu ! j'en aurais du chagrin !

MADAME RICHARD. — Merci. Alors, vous n'avez pas changé de métier ?

LE COCHER. — Vous le voyez, belle dame. Et vous, vous ne faites donc plus de ménages ?

MADAME RICHARD. — Non, après la mort de mon mari, j'ai cherché une nouvelle situation... Je suis devenue employée à la Ville.

LE COCHER. — Compliments... Figurez-
vous qu'un de mes collègues venait de me
dire qu'il y avait une maison où l'on donnait
une soirée.

MADAME RICHARD. — Ah ! oui, la maison en
face... C'est une duchesse qui habite là...
On a dansé et soupé cette nuit. Depuis une
heure, j'ai vu plus de deux cents personnes
s'en aller.

LE COCHER. — Ils en ont de la chance, ceux
là !... comédie, souper, et le reste !

MADAME RICHARD. — Certes... Ils s'amu-
sent ! Si vous aviez vu les femmes... ! Elles
étaient toutes costumées... Il y en avait qui
portaient des aigrettes, des colliers de
perles, et avec ça, des manteaux ! Oh ! là, là !
ce qu'on en dépense de l'argent à Paris !

LE COCHER. — Croyez-vous qu'il y ait encore
du monde ?

MADAME RICHARD. — Oui, d'ailleurs voilà
quelqu'un qui sort.

Enveloppée d'un long manteau d'étoffe mauve
pâle, apparaît une jeune femme, toute blonde,
qui est en grande conversation avec un valet
de chambre en habit et culotte de soie. Celui-
ci fait des gestes désespérés.

MADAME RICHARD, *au cocher*. — Qu'est-ce
qui se passe?

LE COCHER. — Cette dame doit chercher
sa voiture et le larbin lui répond sans doute
qu'elle n'est pas là.

MADAME RICHARD. — Vous devriez y aller.

LE COCHER. — Oui, je crois que je vais
charger.

La jeune femme, enveloppée du grand manteau, après avoir congédié le valet de
chambre, s'avance vers le cocher, qui, de
son côté, fait quelques pas vers elle. Ma-
chinalement Madame Richard suit l'auto-
médon.

LE COCHER. — Madame désire une voiture?

LA JEUNE FEMME. — Oui.

LE COCHER, *très poli*. — Où allons-nous ? (*Poussant un cri*) Ah ! Mon Dieu !

LA JEUNE FEMME. — Qu'est-ce que vous avez ?

LE COCHER. — Je vous demande pardon, mademoiselle, je vous demande pardon, mais...

LA JEUNE FEMME. — Quoi ?

LE COCHER. — C'est que...

LA JEUNE FEMME. — Êtes-vous souffrant ?

LE COCHER. — Non... Mais c'est donc la matinée aux rencontres ?... Vous ressemblez tellement à une demoiselle que j'ai connue...

LA JEUNE FEMME. — Oh ! vous pouvez me connaître !

LE COCHER. — Je vous demande pardon de l'indiscrétion, vous ne vous appelez pas Marthe Bernard ?

LA JEUNE FEMME. — Je m'appelais ainsi autrefois...

LE COCHER. — Ah ! je me disais bien !

LA JEUNE FEMME. — Comment savez-vous mon nom ?

LE COCHER. — Vous avez bien habité rue des Abbesses ?

LA JEUNE FEMME. — Parfaitement.

LE COCHER. — Et vous ne vous souvenez pas de Laurent ?

LA JEUNE FEMME, *avec un petit cri*. — Mais si ! Le père Laurent ! Un cocher ? c'est vous !

LE COCHER. — Moi-même... Vous m'excusez, mademoiselle Marthe, de vous avoir parlé ainsi ?

LA JEUNE FEMME. — Pourquoi vous en voudrais-je ?

LE COCHER. — C'est que maintenant vous me semblez arrivée à une telle situation !

LA JEUNE FEMME. — En effet, je ne suis pas mécontente.

LE COCHER. — Vous êtes mariée ?

LA JEUNE FEMME. — Non, je suis au théâtre,

Marthe Bernard n'existe plus... Je suis mademoiselle Suzanne de Chanteclair.

LE COCHER. — Vous ? c'est vous, mademoiselle de Chanteclair? Vous jouez aux Variétés ?

LA JEUNE FEMME. — Parfaitement.

LE COCHER. — Ah! j'ai vu souvent votre
nom dans les journaux! Et puis j'en ai entendu
de mes clients, dire en montant dans ma
voiture, quand je les conduisais au théâtre :
« Nous allons passer une bonne soirée, c'est
mademoiselle Chanteclair qui tient le prin-
cipal rôle », mais, du diable, si je me serais
douté que c'était vous. Vous en avez fait du
chemin depuis le temps où je vous voyais
rue des Abbesses !

LA JEUNE FEMME. — Oui, quand j'y habitais
avec maman.

LE COCHER. — Elle tenait un commerce de
fruiterie... où venait quelquefois l'aider madame Richard.

LA JEUNE FEMME. — La mère Richard?

LE COCHER. — Vous vous en souvenez? Eh
bien, elle aussi, a changé de situation (*Montrant la balayeuse qui se tient à quelques
pas.*) La voici... Tenez... Elle est devenue
fonctionnaire...

MADAME RICHARD *s'approchant*. — Bonjour, mam'zelle Marthe. J'ai entendu tout
ce que vous disiez... En avez-vous une
chance !

LA JEUNE FEMME. — Je suis contente, en
effet ! Mais, vous le voyez, mon métier ne me
fait pas coucher de bonne heure.

MADAME RICHARD. — Parce que vous le
voulez bien.

LA JEUNE FEMME. — Pas toujours ! Seulement il faut soigner sa gloire. Ainsi, je suis
allée à cette soirée pour chanter plusieurs
morceaux. On m'a priée de rester. J'avais
bien envie de m'en aller... Mais si je l'avais
fait, on m'en aurait peut-être voulu...

LE COCHER. — Je crois bien. Vous étiez chez une duchesse.

MADAME RICHARD. — Et une authentique, encore !

LE COCHER. — Ça devient rare.

LA JEUNE FEMME. — C'est pourquoi il faut les ménager quand on les connaît.

MADAME RICHARD *avec admiration*. — Ah ! tout de même, mademoiselle...

LA JEUNE FEMME. — Quoi, mère Richard ?

MADAME RICHARD. — Quand je pense qu'étant arrivée à une situation aussi *conséquente,* vous voulez bien encore nous parler !

LE COCHER. — C'est beau.

MADAME RICHARD. — Et c'est comme les duchesses authentiques...

LE COCHER. — Vraiment rare !

LA JEUNE FEMME *avec un rire*. — Je ne crois pas que j'accomplisse une action si méritoire... Je ne serais qu'une sotte si j'oubliais ce que j'ai été, si je ne me souvenais plus du

milieu d'où je sors... hein, mère Richard, je
vous en ai fait voir autrefois quand vous
veniez en journée chez maman? Je m'amu-
sais à cacher votre chapeau, votre manteau,
votre panier; et quand le soir, vous vouliez
vous en aller, vous ne retrouviez plus rien.

Madame Richard. — Ah! oui, vous étiez
bien malicieuse, et plus d'une fois, je me suis
mise en colère à cause de vous.

Le cocher. — Elle était malicieuse, mais
pas méchante. (*A l'artiste.*) Vous rappelez-
vous quand vous me disiez : « Père Laurent,
je voudrais aller dans votre voiture? » Je
vous mettais à côté de moi, je vous emmenais deux minutes. Vous croyiez que vous
aviez fait une grande promenade... Et quand
je vous déposais à terre, vous m'embras-
siez!... Car il n'y a pas à dire, vous les avez
embrassées ces vieilles joues-là.

La jeune femme. — Et j'avais raison. Vous
étiez si gentil pour moi...!

12.

LE COCHER. — Ah! C'était le bon temps!

LA JEUNE FEMME. — Vous trouvez donc le temps bien mauvais maintenant?

LE COCHER. — C'est-à-dire que madame Richard et moi nous étions plus jeunes. Ça allait mieux. Moi, je gagnais plus d'argent, en me fatiguant moins.

MADAME RICHARD. — Moi, je n'en ai jamais gagné en me fatiguant beaucoup.

LE COCHER. — N'importe! l'heure n'est pas aux récriminations. Vous n'avez pas votre cocher, mademoiselle Marthe?

LA JEUNE FEMME. — Non, il ne m'aura pas attendue.

LE COCHER. — Eh bien! Je vais vous conduire. Vous devez avoir sommeil. Où allons-nous?

LA JEUNE FEMME. — 6, rue de Monceau. Et vivement! Vous aurez un bon pourboire, père Laurent.

LE COCHER, *très digne.* — Un pourboire?

Ah! non, mademoiselle Marthe, ne parlez pas de ça.

LA JEUNE FEMME. — Comment?

LE COCHER. — Non seulement je ne veux pas de pourboire; mais je veux que ce soit comme autrefois. Je vous emmène dans ma voiture... simplement... pour l'honneur.

LA JEUNE FEMME. — Est-ce qu'il faudra que je vous embrasse en descendant?

LE COCHER, *très rouge, presque honteux.* — Oh! mademoiselle, ne dites pas des choses pareilles... Vous, maintenant, m'embrasser! Non, ne continuez pas, vous me gêneriez.

LA JEUNE FEMME. — Mais je ne suis pas moins gênée... Vous voulez m'emmener... à l'œil? Non, ça, je ne le veux pas. Je viens déjà de vous faire perdre du temps... Je tiens à vous payer la course...

LE COCHER. — Non... non...

LA JEUNE FEMME. — Si... si...

LE COCHER. — Puisque vous vous entêtez, j'aime mieux que vous preniez un autre que moi pour vous conduire.

LA JEUNE FEMME. — Êtes-vous drôle ! Je ne peux cependant pas accepter... Ou tout au moins, je voudrais vous êtes agréable...

LE COCHER. — Ah ! vous pouvez l'être...

LA JEUNE FEMME. — Comment ? Dites ?

LE COCHER, *avec effort.* — Non, vous ne voudrez pas.

LA JEUNE FEMME. — Mais si... Parlez...

LE COCHER. — Eh bien ! chantez-nous quelque chose. Et je serai largement payé.

LA JEUNE FEMME, *riant.* — C'est tout ? Volontiers... Seulement, dam, après une nuit passée, je ne serai peut-être pas très en voix. Tant pis, vous ne m'en voudrez pas ?

(Pendant tout le dialogue, le trio est remonté jusqu'au bout de l'avenue des Champs-Élysées, suivi à distance par le cheval et la voiture du père Laurent.)

La jeune femme, *s'arrêtant et très amusée à l'idée de chanter ainsi.* — Attention ! Je commence.

> Et à pleine voix, elle attaque : « Je suis la folle Parisienne », le rondeau qui tous les soirs lui vaut trois rappels au théâtre.
>
> Au fur et à mesure qu'elle chante, des passants, — grooms, cochers, valets de pied, des filles de cuisine, quelques ouvriers, un ou deux rôdeurs, — s'arrêtent et forment un groupe autour d'elle.
>
> Des cyclistes qui vont au Bois descendent de leurs machines pour l'entendre.
>
> Un gentleman, très chic, à cheval, arrête sa monture et écoute aussi.
>
> Un gardien de la paix s'approche et, charmé, oublie de faire circuler.
>
> A la fin de l'air, des bravos éclatent, enthousiastes.

La jeune femme. — Et maintenant, mesdames et messieurs, c'est pour avoir l'honneur de vous remercier. (*Prenant le chapeau du père Laurent.*) Mais avant de me retirer, permettez-moi de faire la quête. (*Tendant le chapeau*.) Allons, mesdames ! allons messieurs ! la main à la poche !

Les sous pleuvent dans le chapeau.

LE GENTLEMAN, *à cheval, qui a reconnu l'artiste*. — Tenez, mademoiselle de Chanteclair !

Il lui remet deux louis.

LA JEUNE FEMME, *prenant toute la monnaie et les pièces d'or qui sont tombées dans le chapeau*. — *A Madame Richard*. — Gardez tout...

MADAME RCIHARD. — Mais...

LA JEUNE FEMME. — Puisque je n'ai pas de voiture à payer, c'est bien le moins que je n'empoche pas l'argent.

MADAME RICHARD. — Cependant...

LA JEUNE FEMME. — Allons... Ne soyez pas froissée... Je raconterai cette aventure à un petit auteur que je connais... Il me fera un acte avec... (*Riant.*) J'y gagnerai encore !

FAILLITE

Sur le boulevard des Italiens. Maigre et pâle,
avec des yeux fiévreux d'alcoolique bril-
lants sous des sourcils qui ont l'air de
moustaches, coiffé d'un chapeau rond
troué, vêtu d'une chose qui n'est ni un
pardessus ni une blouse, mais une loque
informe, chaussé de souliers-écumoirs, à
l'un desquels il manque un talon, un camelot d'une quarantaine d'années fait les
cent pas, devant la terrasse d'un café, vide
de consommateurs. Car c'est Décembre et
la gelée glace Paris frissonnant.
Le camelot tient en main un journal.

Tout à coup il aperçoit un gros monsieur, à
face ronde et rougeaude, qui s'avance, le
cou engoncé dans le col garni d'astrakan
d'un pardessus tombant jusqu'aux talons.

LE CAMELOT, *au gros monsieur*. — Mon
prince, désirez-vous un journal ?... Le
compte rendu complet de la séance de la
Chambre... Le drame de l'Avenue de Vil-
liers... La catastrophe du chemin de fer de
Ceinture... Achetez, mon prince... (*Suivant
le monsieur qui ne répond toujours pas :*)
Ou bien donnez-moi de quoi aller me ré-
chauffer... à votre santé... Trois ronds...
trois petits sous seulement...

LE GROS MONSIEUR. — Laissez-moi tranquille...

LE CAMELOT. — Voyons, mon ambassa-
deur, qu'est-ce que c'est que trois sous
pour vous ?...

LE GROS MONSIEUR. — Vous croyez que ça
n'est rien ?

Le camelot. — Évidemment, patron, vous avez de la fourrure...

Le gros Monsieur, *avec un rire qui sonne faux*. — Oui, pas mal, la fourrure.

Le camelot. — On vous aura volé... Ça ne m'étonne pas... On ne vend plus que de la camelotte... C'est pourquoi je n'achète plus jamais de vêtements... Allons ! un bon mouvement !... Dans un instant, je lèverai mon verre en votre honneur... Passez les trois sous.

Le gros Monsieur. — Si je les avais, je serais rudement content.

Le camelot. — Vous me faites poser, patron.

Le gros Monsieur, *s'arrêtant net et portant les mains au col de son pardessus qu'il rabat vivement*. — Ouf !... (*Trébuchant.*) Ouf !... Ouf !... Qu'est-ce que j'ai ? (*Se remettant d'aplomb.*) Ah ! quel vertige !... J'ai tout vu tourner...

Le camelot. — Faut-il qu'on vous soutienne ?

— Le gros Monsieur. — Non, merci ; mais j'ai cru que j'allais avoir un coup de sang.

Le camelot. — Vous avez trop soupé... A votre mine, à vos manières, je devine... Vous êtes un commerçant. Vous aurez bu beaucoup de bourgogne... Vous serez allé ensuite dans un concert...

Le gros Monsieur, *avec son rire douloureux*. — Je pensais bien à tout cela !... Je dois pourtant avoir une mine si gaie !

Le camelot. — C'est vrai ; vous n'avez pas le visage d'un homme qui vient de s'amuser... Mais vous savez, nous autres, dès que nous voyons quelqu'un qui n'est pas trop mal habillé, nous le croyons heureux. Qu'est-ce qu'on a ?

Le gros Monsieur. — Rien.

Le camelot. — Si... si... mon vieux, on a de la peine. Parlez. Lâchez la bonde.

LE GROS MONSIEUR, *avec de grosses larmes
qui mettent comme des pendeloques d'eau
sous les yeux.* — J'ai... j'ai... que je vais
me flanquer à l'eau...

LE CAMELOT. — Hein? Vous jeter à l'eau?...
Et vous avez encore du linge ?

LE GROS MONSIEUR. — Et plus un sou dans
ma poche, plus un rond, comme vous dites...
(*Retournant ses poches.*) Tenez, vous pouvez constater.. Tout... Je me suis fait tout
rafler...

LE CAMELOT. — Au jeu ?

LE GROS MONSIEUR, *dans un irrésistible
besoin de parler:* — Je suis dans le commerce... J'avais une échéance demain, une
grosse... Quinze mille francs de traites à
payer... J'attendais des fonds... On ne me
les a pas envoyés... Alors j'ai pris les trois
mille francs qui restaient dans une caisse...
Je me suis rendu au cercle... Je pouvais avoir
la veine... Pourquoi pas? (*S'animant.*) J'ai

connu un de mes amis à qui la même chose
est arrivée... Il allait faire banqueroute... Il
a couru au tripot... Avec cinq cents francs,
il en a amené vingt mille, et, à présent,
il possède trois maisons sur la place de
Paris... Trois maisons, vous entendez !

LE CAMELOT. — Mais t'as pas eu la même
chance ?

LE GROS MONSIEUR, *avec un cri de déses-*
poir. — Non !... (*Tendant les poings.*) Ah !
bon sang de bon sang !... (*Morne.*) Et c'est
fini... Il faut que je dépose mon bilan...
Laissez-moi... Je vais à la Seine.

LE CAMELOT. — T'es tout seul ?

LE GROS MONSIEUR. — Quoi ?

LE CAMELOT. — T'es tout seul ? T'as pas
de femme ni d'enfants ?

LE GROS MONSIEUR. — Si, une femme et
deux filles.

LE CAMELOT, *froidement.* — T'es-t-un lâche !

LE GROS MONSIEUR. — Pourquoi ?

LE CAMELOT. — J'ai connu aussi la vie ; j'ai été comme les autres, à la hauteur... A vingt-cinq ans, je m'étais établi comme patron marchand de vins... J'en ai cassé aussi de la monnaie, va !... Seulement, je buvais trop... J'ai bu mon fonds... Mais quand j'ai été dans la misère, je ne me suis pas tué, moi... Et je n'avais personne qui m'aurait regretté... Si tu vas te jeter à l'eau, t'entends ?

LE GROS MONSIEUR. — Oui.

LE CAMELOT. — T'es-t-un lâche !

LE GROS MONSIEUR. — Mais est-ce que je peux dire tout à l'heure à ma femme...

LE CAMELOT. — Pourquoi pas ? Elle pleurera... T'as bien pleuré !

LE GROS MONSIEUR. — Et mes filles ?

LE CAMELOT. — Elles feront comme vous deux.

LE GROS MONSIEUR. — Non, non, j'en ai assez... Un parapet enjambé, un plongeon... Ce sera fini. J'aime mieux ça.

LE CAMELOT. — Tu ne le feras toujours pas maintenant ; car je préviens les flics.

LE GROS MONSIEUR. — Mais vous ignorez ce que c'est, vous, que de penser : « Demain, tous mes amis, toutes mes connaissances me tourneront le dos parce que je suis en faillite. »

LE CAMELOT. — Oh ! la la ! A qui en parlez-vous ? Quand j'ai dû quitter mon fonds de marchand de vins, j'ai cru ça, moi aussi... Eh bien ! j'étais un brave homme... et vous devez en être un, vous aussi...

LE GROS MONSIEUR. — Ah ! si je n'avais pas été si bon ! C'est pour avoir obligé un ami qui ne m'a jamais remboursé...

LE CAMELOT. — Que vous en êtes là ?... C'est couru... C'est toujours pareil... Eh bien, moi, je rencontre encore des gens bien, des gens comme il faut, que j'ai connus dans ma prospérité... (*Avec fierté.*) Et il y en a encore qui me donnent la main !... Ce sera la même chose pour vous...

Le gros Monsieur, *faiblissant*. — Non.

Le camelot. — Si.

Le gros Monsieur, *abattu et soufflant*. — Ah ! mon Dieu !... mon Dieu !... Quoi faire ?

Le camelot, *prenant le gros Monsieur par le bras*. — Viens avec moi... j'ai dix sous... C'était pour payer ma chambre... Je vais t'offrir quelque chose... Ça te remontera toujours...

Le gros Monsieur. — Boire ! boire ! Je ne pourrais pas... La gorge est trop serrée...

Le camelot. — Tu crois ? Allons donc !... une petite absinthe... ça passe toujours. Et, après, on voit la vie en vert, couleur d'espérance.

Le gros Monsieur. — Ah ! l'espérance !

Le camelot. — Avec elle et deux sous de pain, tu redeviendras peut-être riche un jour.

L'ALLIANCE

A la campagne. Sous les arbres d'un jardin
très vaste et très fleuri, non loin d'une
pelouse dans laquelle se dessine la bordure
blanche d'un bassin, M. et madame Larmonay achèvent leur petit déjeuner, en compagnie de mademoiselle Renée, une fillette de six ans, aux cheveux blonds, aux
yeux vifs.

Le visage du mari est un peu rouge ; M. Larmonay mange vivement, sans parler ; de
temps en temps, il hausse légèrement les
épaules.

Sa femme affecte de ne pas toucher au des-
sert qui se trouve devant elle ; le coude

13.

gauche sur la table, les dents mâchonnant l'index, elle fixe une carafe, comme si elle ne l'avait jamais vue.

L'enfant, tout en épluchant un fruit, observe ses parents, l'air inquiet.

1

M. LARMONAY, *à sa femme.* — Enfin ! Est-ce que vous allez faire longtemps encore une tête pareille?

MADAME LARMONAY. — Je ne vous comprends pas... Je ne vous fais pas la tête... J'ai la migraine... Il est encore permis d'avoir la migraine, j'espère?

M. LARMONAY. — Oh ! je vous connais !... A votre air, à votre façon de me regarder, à votre mutisme obstiné, je me doute qu'il y a autre chose...

MADAME LARMONAY. — Quoi?

M. LARMONAY. — C'est à vous de le dire puisque je vous le demande. Depuis notre lever, vous affectez d'être désagréable. Hier, cependant, quand les Tourneux sont venus dîner, vous avez été charmante.

MADAME LARMONAY. — Vous croyez?

M. LARMONAY. — Vous paraissiez vous amuser beaucoup.

MADAME LARMONAY. — Il y a des gens bien singuliers! Dès qu'ils se divertissent, ils s'imaginent que tout le monde en fait autant.

M. LARMONAY. — La phrase est pour moi?

MADAME LARMONAY. — Peut-être. (*Un soupir.*) Ah! madame Tourneux vous plaît!

M. LARMONAY. — J'ai beaucoup causé avec elle, c'est vrai... Mais vous même...

MADAME LARMONAY. — N'ajoutez rien; à présent, je suis fixée.

M. LARMONAY. — A propos de quoi?

MADAME LARMONAY. — Vous le demandez?... Mais il faut être aveugle comme M. Tourneux pour ne pas voir de quelle façon sa femme se conduit avec vous. Eh bien ! je vous préviens, Jeanne a [beau être une amie de pension... Nos familles peuvent avoir ensemble depuis longtemps d'excellentes relations, madame Tourneux ne remettra jamais les pieds ici.

M. LARMONAY. — Et pourquoi ?

MADAME LARMONAY. — Parce que vous lui faites la cour... Et parce qu'elle vous !y encourage...

Elle se lève de table.

RENÉE, *s'accrochant à la jupe de sa mère.* — Maman... Maman...

M. LARMONAY, *se levant à son tour.* — Voyons, devant cette enfant, vous n'allez pas encore me faire une scène ? (*A Renée.*) Va jouer, ma chérie, va.

L'enfant s'éloigne un peu.

MADAME LARMONAY. — Je ne vous fais pas de scène, je dis la vérité.

M. Larmonay. — C'est absurde; j'ai plaisanté avec Jeanne.

Madame Larmonay. — Vous voyez...
Vous l'appelez par son petit nom.

M. Larmonay. — Je l'appelle ainsi depuis
quatre ans.

Madame Larmonay. — Vous n'auriez jamais dû vous le permettre.

M. Larmonay. — Il fallait me le dire plus
tôt.

Madame Larmonay. — Cela n'a pas d'importance maintenant; comme vous ne la
reverrez plus ici...

M. Larmonay. — Et s'il me plaît qu'elle
vienne?

Madame Larmonay. — Vous oseriez faire
ça?

M. Larmonay. — Hé, pardieu! oui, j'ose-
rais le faire. J'en ai assez de vos continuelles
scènes de jalousie. Je ne peux pas regarder
au théâtre une jolie femme, je ne peux pas

causer ou rire avec une de vos amies sans
que, tout de suite, vous ne veniez dire que
je flirte avec elle, pis encore quelquefois.

Madame Larmonay. — Et ce ne sont pas là
des mensonges.

M. Larmonay. — Assez! n'est-ce pas.

Madame Larmonay. — Oh! vous pouvez
vous mettre en colère, je sais ce que je dis.
Je me rappelle la femme de ce banquier que
nous avons rencontrée à Cabourg...

M. Larmonay. — Elle était plate comme
une assiette.

Madame Larmonay. — Et mon amie, madame de Roversy ?

M. Larmonay. — Elle était ronde comme
un potiron.

Madame Larmonay. — Vous vouliez probablement faire une moyenne.

M. Larmonay, *haussant les épaules.* —
Je ne discuterai même plus avec vous sur ce
sujet. La jalousie vous rend folle.

MADAME LARMONAY. — Non, mais dites tout
de suite que je suis détraquée, hystérique,
digne d'être internée à Sainte-Anne!

M. LARMONAY. — En ce moment, c'est exactement ce que je pense.

MADAME LARMONAY. — Ah! vous savez, je
ne tolérerai pas plus longtemps vos imperti-
nences. Pour être libre davantage, pour voir
sans doute avec plus de facilité madame
Tourneux, vous entendez me pousser à
bout?

M. LARMONAY. — Je ne sais lequel de nous
deux excite l'autre, en ce moment. Je me
suis mis à table, ne demandant qu'à déjeuner, à jouir tranquillement de votre conversation, tout en contemplant les fleurs et le
jardin. Vous n'avez trouvé rien de mieux que
de rester muette pendant tout le repas pour
arriver maintenant à me lancer des insolences.
Eh bien, si vous êtes excédée, je ne le suis
pas moins. J'en ai assez de cette vie!

MADAME LARMONAY. — Que comptez-vous faire ? Vous séparer de moi ?

M. LARMONAY. — Cela vaudrait mieux, je crois, pour tous les deux. Depuis le temps que vous me faites des scènes du même genre !

MADAME LARMONAY. — Vous avez raison ; j'en ai assez, moi aussi ! Je vous déteste, oui, je vous déteste. Je ne veux plus vous voir... Je vais écrire à mon père qu'il vienne me chercher... Je rentrerai chez lui... Je serai plus heureuse.

M. LARMONAY. — Voyons, écoutez encore un peu...

MADAME LARMONAY, *de plus en plus exaspérée.* — Non, je ne vous entendrai pas plus longtemps. Vous me faites horreur... Ne me touchez pas... Je ne peux plus vous souffrir...

Elle s'enfuit vers le bassin qui se trouve au

milieu de la pelouse. Renée, qui la surveil-
lait, court après elle.

MADAME LARMONAY, *à son mari qui la regarde.* — Et tenez, pour que tout soit
bien fini, pour que vous soyez sûr que
rien de commun n'existera plus entre vous
et moi, vous voyez l'alliance que vous
m'avez donnée? Eh bien, elle sera perdue à
jamais.

Elle jette l'alliance dans le bassin.

II

Le lendemain, à déjeuner, toujours
au même endroit.

M. Larmonay, *très pâle, mange du bout
des dents. Sa femme, comme la veille, ne
touche à aucun plat.*

Renée observe ses parents.

Renée, *à sa mère.* — Maman, la femme
de chambre m'a dit de te demander s'il fallait mettre les pantoufles dans la malle ?

Madame Larmonay. — Oui, ma chérie.

M. Larmonay. — Comment! vous faites
déjà vos malles ?

MADAME LARMONAY. — Parfaitement.

M. LARMONAY. — Mais votre père n'est pas encore venu vous chercher?

MADAME LARMONAY. — Il va venir.

M. LARMONAY. — Vous ne savez pas s'il consentira à vous emmener?

MADAME LARMONAY. — Je suis bien sûre qu'il m'approuvera.

M. LARMONAY. — Vous ne pourrez jamais lui confier que des soupçons.

MADAME LARMONAY. — Cela suffira.

M. LARMONAY. — Des soupçons qui ne reposent sur rien !...

MADAME LARMONAY. — Oh! Oh !

M. LARMONAY. — De vagues imaginations dues à une jalousie exagérée. Si tous les époux se séparaient pour des motifs aussi futiles, il n'y aurait plus dans cinq ans un seul ménage en France.

MADAME LARMONAY. — Vous croyez?

M. LARMONAY. — Certainement; quand je

pense à la façon dont madame Tourneux
s'est conduite avec moi !... J'y ai réfléchi depuis hier... Eh bien, elle a plaisanté genti-
ment, spirituellement, en femme du monde...

MADAME LARMONAY. — Je vous prie de ne
plus revenir là-dessus.

M. LARMONAY. — Soit. Alors votre parti
est pris?

MADAME LARMONAY. — Oui.

M. LARMONAY. — Et vous ne regretterez
rien?

MADAME LARMONAY. — Ne m'avez-vous pas
dit vous-même que vous en aviez assez de
la vie que nous menions ensemble?

M. LARMONAY. — Oui... Dans un moment
de colère.

MADAME LARMONAY. — Au premier jour
vous recommencerez.

M. LARMONAY. — Tout dépend de
vous.

MADAME LARMONAY. — Et de vous d'abord.

(*Avec décision.*) Mais c'est fini, ne nous entêtons plus.

M. LARMONAY. — Enfin, cependant, depuis six ans, vous n'avez pas été si malheureuse! Laissons de côté la Dame-Assiette et la Femme-Potiron, il y a des instants où vous m'avez dit que vous m'aimiez... comme le jour, où je vous ai donné l'alliance, celle que vous avez jetée hier...

MADAME LARMONAY. — Et qu'on ne retrouvera plus.

RENÉE, *avec malice.* — Oh! ça! maman?

MADAME LARMONAY. — Que dis-tu?

RENÉE. — Pour retrouver ta bague, ce n'était pas difficile.

MADAME LARMONAY. — Comment est-ce qu'un domestique?

RENÉE. — Non, maman... Moi.

Elle tire l'alliance de sa poche et la met sur la table.

MADAME LARMONAY. — Renée! qui t'a permis?

RENÉE, *câline*. — Oh! mère... Ne me gronde pas...

Elle ouvre l'alliance

RENÉE. — Lis.

> Madame Larmonay regarde, voit que les initiales et la date du mariage ont été effacés. L'alliance ne porte plus que ce seul mot : MAMAN.
>
> Elle ferme à demi les yeux, saisit sa fille et l'embrasse éperdûment.
>
> Mais déjà, son mari a pris l'alliance; il regarde à son tour; il devient très pâle; sa bouche se contracte, ses yeux s'emplissent de pleurs.
>
> Alors l'enfant fait pencher la mère vers le le père, et le mari, pleurant à chaudes larmes, embrasse sa femme qui lui rend le baiser.

M. LARMONAY, *dans un sanglot*. — Ah! Maman!

UNE VOCATION

Chez le critique.

Le critique a cinquante ans environ. Ses cheveux sont poivre et sel, le visage est un peu tiré et fatigué, à cause de tant de soirées passées dans l'atmosphère lourde et empoussiérée des salles de théâtre et des couchers tardifs.

Le critique est en train d'écrire. Il rend compte, en ce moment, d'un drame dont il a vu la veille la répétition générale à l'Ambigu, un drame dans lequel, outre l'agitation de cinquante personnages, se perpètrent un infanticide, trois autres assas-

sinats, sans compter un nombre de péri-
péties émouvantes et terribles.

Le critique peine et n'arrive plus à se retrouver au milieu de l'imbroglio qu'il est
chargé de débrouiller.

Tout à coup, on frappe à la porte du cabinet. Entre le valet de chambre qui vient
remettre une lettre à son maître.

Le critique, *ouvrant la lettre et lisant.* —
« Mon cher ami, permettez-moi de vous pré-
senter madame Deschamps et sa fille. Cette
dernière veut faire du théâtre, elle n'a guère
de recommandations ; c'est pourquoi je me
permets de vous l'adresser, certain que,
vous qui occupez une situation si importante
dans le monde théâtral, vous pourrez arriver
à faire débuter mademoiselle Deschamps,
une jeune fille des plus méritantes d'ailleurs,
sur une de nos principales scènes pari-
siennes. »

Le critique regarde la signature et reste, un
instant, rêveur.

LE CRITIQUE. — Dire que je ne pourrai pas travailler tranquillement ! Voilà un monsieur ! Je l'ai vu seulement deux ou trois fois dans une maison amie... Et il s'autorise déjà de nos vagues relations pour m'adresser une nouvelle débutante.

> Le critique fronce le sourcil ; il est sur le point de faire répondre qu'il est absent, mais il réfléchit qu'il s'est rencontré avec le signataire de la lettre chez une dame dont le salon est influent ; si ce n'est pas pour le signataire, ce sera tout au moins pour la dame qu'il recevra les personnes qui attendent.

LE CRITIQUE, *avec un soupir. Au valet de chambre.* — Faites entrer.

> Deux minutes après, pénètrent les personnes annoncées.
> La mère, une brave femme sur son retour d'âge. Mise simple de commerçante, avec un chapeau garni de plumes rouges qui étonnent un peu.

La jeune fille. Dix-huit ans ; une physiono-
mie douce et régulière, très triste. Vêtue
pauvrement.

LA MÈRE, *se confondant en salutations
et révérences.* — Je vous demande pardon,
monsieur, de venir vous trouver ainsi, mais
la personne qui a bien voulu nous recom-
mander à vous, nous a dit que vous étiez si
aimable !

LE CRITIQUE, *l'interrompant.* — Bien, madame... Seulement, j'ai un article à terminer, je suis un peu pressé... Allons droit
au but, si vous le voulez bien.

LA MÈRE. — Alors, monsieur, c'est pour
ma fille... Avance donc, Ernestine.

Ernestine avance, les bras tombant droit le
long du corps, ainsi qu'un soldat mettant
les petits doigts sur la couture du pantalon.

LA MÈRE. — Je vais vous dire, monsieur,
c'est que ma fille veut entrer au théâtre.

Le critique. — Je ne l'ignore pas.

La mère. — Et ce qu'il faut ajouter, monsieur, c'est que, à mon point de vue, c'est une carrière bien difficile. Je lui ai d'ailleurs dit à Ernestine : « Tu veux entrer au théâtre, tu ne sais pas à quoi tu t'engages». Car je ne vous le cacherai pas... monsieur... Son père ne voulait pas. C'est compréhensible.., Nous sommes dans le commerce.

Le critique, *étouffant un bâillement*. — Oui, oui.

La mère. — C'est-à-dire que, moi, je suis dans le commerce : mon mari a un poste dans une compagnie d'assurances.

Le critique. — Bien, madame.

La mère. — Et ça n'est pas dans notre monde, n'est-ce pas, qu'on prend des idées pareilles ? Mais, que voulez-vous, la petite a la vocation. Toute jeune, monsieur, quand elle répétait ses fables en revenant de l'école,

j'éetais toute remuée, en l'entendant. Tenez !
le jour de sa première communion, elle
nous a récité un petit morceau, ah, monsieur ! si vous y aviez assisté. C'était à
pleurer ! Tous les invités, il y en avait bien
une trentaine (dans le commerce, n'est-ce
pas, on a beaucoup de connaissances ?) tous
les invités m'ont dit : « Madame Deschamps
votre fille récite comme à la Comédie-Française. »

LE CRITIQUE, *d'un air ironique.* — Vraiment ?

LA MÈRE. — Seulement, monsieur, nous
ne croyions pas, son père et moi, que ça irait
aussi loin. Mais, voilà le malheur ! Nous avons
mené Ernestine à l'Odéon, nous avons même
pris pour elle un abonnement... Et je crois
que c'est d'avoir vu sur la scène ces messieurs
et ces dames qu'elle s'est entêtée dans son
idée... Un jour, elle nous est revenue de la
pension en disant : «Je le sens, je ne pourrai

jamais faire autre chose que d'être artiste. »
N'est-ce pas, Ernestine ?

ERNESTINE. — Oui, maman.

LE CRITIQUE, *impatienté*. — Mademoiselle
a le sens du théâtre, c'est entendu. Maintenant, que désirez-vous ?

LA MÈRE. — Eh bien, monsieur, voilà...
Je lui ai fait prendre des leçons avec un professeur de déclamation ordinaire, ensuite
avec un de ces messieurs du Conservatoire.
Et ça coûte cher ! Songez donc ! monsieur,
qu'on nous a pris jusqu'à des vingt et quarante francs par cachet !

LE CRITIQUE. — Maintenant on voit tellement de jeunes filles dans le cas de mademoiselle !... Les prix augmentent.

LA MÈRE. — Hélas ! Mais c'est que nous
espérions que ma fille entrerait cette année
au Conservatoire.

LE CRITIQUE. — Et on ne l'a pas admise ?

LA MÈRE. — Non. Il y a tellement d'in-

14.

trigues dans ce monde-là ! Moi, n'est-ce pas, je ne peux pas arriver à connaître tous ces messieurs... Autrefois, peut-être... Nous avions un cousin qui était très bien avec M. Sarcey.

LE CRITIQUE. — Malheureusement, Sarcey est mort, et nous ne pouvons rien y faire. (*Se tournant vers Ernestine.*) Enfin, mademoiselle, vous désirez entrer au théâtre. Parfait. Quel emploi voulez-vous tenir ?

ERNESTINE, *d'une voix timide.* — Oh ! monsieur, pourvu que je joue !...

LE CRITIQUE. — Cependant, vous avez une préférence marquée pour certains rôles ?

ERNESTINE. — Oui, j'aimerais bien tenir l'emploi des soubrettes, comme dans Marivaux.

LE CRITIQUE, *considérant avec stupéfaction la mine lugubre d'Ernestine.* — Les soubrettes ? Vous voulez jouer les soubrettes ?

ERNESTINE. — Oh ! si ce ne sont pas celles de Marivaux, je jouerai aussi bien celles de Molière.

LE CRITIQUE. — Mais, pour cela, il faudrait entrer à la Comédie-Française ou à l'Odéon.

LA MÈRE. — C'est ce que je lui dis, monsieur. Mais la Comédie-Française !... L'Odéon ! C'est bien difficile !

LE CRITIQUE. — Surtout si l'on ne passe pas par le Conservatoire.

ERNESTINE. — Oh ! vous savez, moi, monsieur, je vous cite ces théâtres-là, mais il y en a d'autres ; j'irais aussi bien au Vaudeville ou à l'Athénée.

LE CRITIQUE. — Ou à la Porte-Saint-Martin, ou à l'Ambigu ?

LA MÈRE. — Oui, comme vous le dites, elle n'est pas bien fixée... Pourvu qu'elle joue !

LE CRITIQUE. — Et que vous rentriez un peu dans votre argent ?

La mère. — C'est à cause de son père, monsieur... Lui, vous comprenez, il trouve qu'on a trop dépensé. Alors il accepterait volontiers n'importe quoi... Seulement, vous ne pouvez pas bien juger ma fille comme ça. Si vous vouliez l'entendre ?

Le critique, *avec terreur.*]— Oh ! non, non.

La mère. — C'est que le monsieur qui nous avait recommandées à vous, nous avait dit que vous voudriez bien écouter Ernestine. Lui, il la connaît, il l'a entendue réciter des tirades... Il m'a dit : « Madame Deschamps, je suis sûr que si le critique auquel je vous adresse peut donner une audition à votre fille, sa fortune est faite. »

Le critique. — Je regrette, mais j'ai mon article à terminer.

La mère. — Oh ! vous avez tellement l'habitude ! Un article ? Pour vous, qu'est-ce que c'est que ça ? Vous auriez entendu Ernestine chanter.

LE CRITIQUE. — Ah! mademoiselle chante aussi ?... Elle a tous les talents.

LA MÈRE. — Oui, monsieur, elle fait un peu de tout.

ERNESTINE. — Il faut bien... Je vous disais, monsieur, que je jouerais la comédie, mais j'entrerais très bien aussi dans un théâtre d'opérette.

LE CRITIQUE. — Les Français ou les Variétés ? Vous n'êtes pas fixée ?

ERNESTINE. — Oh, pas même les Variétés... parce que là, c'est bien encore difficile... mais un petit théâtre...

LE CRITIQUE. — Comme les Bouffes, par exemple ?

ERNESTINE. — Oui.

LE CRITIQUE. — Pourquoi n'iriez-vous pas tout de suite au café-concert ?

ERNESTINE. — Oh, ma foi !

LE CRITIQUE. — Vous n'avez pas de parti pris ?

La mère. — Non, monsieur, elle n'en a pas. Et je crois en effet, que cela vaut mieux. L'important, c'est qu'Ernestine débute. Après, nous verrons.

Le critique. — Eh bien, on m'a parlé d'une revue qu'on est en train de monter à Parisiana ; je sais qu'on demande là de jeunes personnes sachant jouer et chanter, je pourrais vous donner un mot pour l'auteur

La mère, — Oui. Mais, monsieur, est-ce que ma fille sera obligée de paraître en maillot ?

Le critique. — Mon Dieu, pas tout à fait. Vous savez qu'on habille toujours un peu les maillots.

La mère. — Ah ! dans ces conditions !

Ernestine. — Et puis, que veux-tu, maman ? Au théâtre, quand on débute !

Le critique, *avec un doux sourire ironique*. — Mademoiselle a l'air d'avoir un grand bon sens. Je suis heureux de trouver

en elle une jeune fille qui sait ce qu'elle
veut et qui n'a pas de prétentions ; ordinairement les débutantes vantent beaucoup leurs
mérites. Vous êtes une exception.

ERNESTINE. — Moi, monsieur, ce que je
désire, c'est paraître sur une scène. Après,
on me jugera,

LE CRITIQUE. — Eh bien ! c'est très facile,
je vais vous adresser à un des auteurs. La
revue s'appelle les *Guignols Parisiens*,
vous ferez probablement un des guignols.
C'est un joli rôle pour commencer.

LE CRITIQUE, *après avoir écrit une lettre
qu'il remet à Ernestine*. — Voilà un mot qui
vous servira de lettre d'introduction.

> La mère et la fille s'en vont. Quand elles
> sont dans la rue, la mère s'arrête et pousse
> un soupir de soulagement.

LA MÈRE. — Ah ! ma fille ! Te voilà enfin
casée.

ERNESTINE. — Oui.

LA MÈRE, — Tu entres au café-concert. Ça n'est pas le Pérou... Mais ton père n'aura plus rien à te reprocher... J'ai bien fait de dire que je n'étais pas concierge et ton père garçon de recettes dans une compagnie d'assurances,

ERNESTINE. — Pour sûr. On ne nous aurait pas reçues.

LA MÈRE. — Tu gagneras peut-être cent francs par mois... Mais si tu trouvais, par hasard, un homme un peu âgé et riche...

ERNESTINE. — Sois tranquille, maman... J'arriverai...

LA MÈRE. — Et quand on pense que nous devrons tout cela à ce monsieur qui est notre locataire et dont je fais le ménage !

> Dans son cabinet de travail, le critique a allumé une cigarette.

LE CRITIQUE. — Dire que j'ai perdu une heure pour entendre des balivernes pareilles !

(*Prenant sa plume.*) Revenons au compte rendu de notre drame. (*Écrivant.*) « Ici, nous arrivons à une scène assez plaisante, qui amusera toujours les hommes de théâtre. Il s'agit d'une concierge qui, voulant que sa fille s'élève au-dessus de sa condition, cherche à la faire entrer sur une petite scène par l'intermédiaire d'un jeune homme qui habite la maison... »

DIX HEURES DU MATIN

CAMBRIOLÉS !

Dans son cabinet de toilette, madame Jamy
essaye une robe avec la couturière. Celle-
ci, en train de faire « des pinces », s'arrête
tout à coup.

1

LA COUTURIÈRE. — A propos, Madame,
qu'est-ce qu'on a donc fait, à votre porte,
cette nuit ?

MADAME JAMY. — A ma porte ?

LA COUTURIÈRE. — Oui. Vous n'avez pas
dû vous en apercevoir, car je suis la première personne qui entre chez vous ce ma-

tin... Mais tandis que j'attendais sur le palier, j'ai vu que le panneau de votre porte était fendu depuis le haut jusqu'en bas... Sur le paillasson, il y avait un peu de sciure de bois.

MADAME JAMY, *sursautant.* — La porte fendue? De la sciure de bois par terre?... Ah mon Dieu! (*Appelant son mari.*) Eugène! Eugène, viens vite.

> Monsieur Eugène Jamy, l'air d'un homme
> qui ne se fait pas de bile, apparaît.

MONSIEUR JAMY. — Qu'est-ce qu'il y a? Le feu est à la maison?

MADAME JAMY. — Écoute. Tu te rappelles ce qui s'est passé hier à minuit?

MONSIEUR JAMY, *très calme.* — Je me rappelle surtout que je dormais très bien.

MADAME JAMY. — Ne ris pas, c'est très grave.

LA COUTURIÈRE, *avec intérêt.* — Que s'est-il donc passé?

MADAME JAMY. — Hier, mon mari était
resté avec moi... par hasard... Car tous les
soirs, il va au café et ne rentre qu'à deux
heures du matin...

MONSIEUR JAMY. — J'aime faire ma partie
de rams.

MADAME JAMY. — Tu avais dû en faire un
certain nombre la veille ! Et tu devais être
bien fatigué ! Car tu t'es couché à dix
heures...

LA COUTURIÈRE. — Jusqu'ici je ne vois pas...

MADAME JAMY. — Attendez... Nous dor-
mions... Quand soudain un coup de sonnette nous a brusquement réveillés...

MONSIEUR JAMY, *se rappelant tout à coup.*
— C'est vrai !

MADAME JAMY. — J'ai voulu faire lever
monsieur Jamy... Mais je t'en moque ! Il
était tellement éreinté qu'il n'a rien voulu
entendre.

MONSIEUR JAMY. — Me lever? Pour aller

voir quoi? Probablement un voisin qui s'é-
tait trompé d'étage, ainsi que je te l'ai dit.

MADAME JAMY. — J'ai fait quand même
lever Rose, notre bonne. Elle est revenue
nous raconter qu'en allant jusqu'à la porte
d'entrée, elle avait entendu quelqu'un descendre précipitamment l'escalier.

MONSIEUR JAMY. — Tu ne vas pas me
faire croire que c'était un voleur? On ne
vient pas vous cambrioler à minuit, boulevard des Italiens, dans un appartement que
l'on sait habité !

MADAME JAMY. — Pardon, on peut savoir
que tous les soirs tu vas au café, on peut
ignorer que je fais coucher Rose dans mon
appartement. Il était permis de croire que
j'étais seule.

MONSIEUR JAMY. — Et tu t'imagines qu'un
voleur serait entré et aurait osé porter la main
sur toi ?... Allons, voyons... N'insiste pas...
Ce sont là des histoires de brigands... Laisse

donc cela aux gens qui lisent les romans-feuilletons.

Madame Jamy, *toujours inquiète.* — Oh ! je sais bien, toi, tu ne crois à rien, tout te fait rire... mais je te dis que ça doit être sérieux... Attends un peu que je fasse venir Rose.

> Elle sonne la domestique, qui vient confir-
> mer que, hier, en effet, à minuit, quand
> elle s'est levée, elle a entendu les pas d'une
> personne qui descendait l'escalier.

Monsieur Jamy, *s'esclaffant.* — Tenez, vous êtes folles, toutes les deux ! Allons voir la porte.

> Là, M. Jamy cesse de rire. En effet, il
> y a sur le panneau des traces visibles
> d'effraction ; la sciure de bois qu'avait
> indiquée la couturière fait une traînée
> blanche sur le paillasson.

Monsieur Jamy, *sérieux.* — Diable ! Je finis

par croire que ma femme a raison... Mais pourquoi ce voleur aurait-il tiré le cordon de sonnette? Pourquoi nous aurait-il ainsi annoncé sa visite?

MADAME JAMY. — Tu ne te rends pas compte d'une chose, mon ami... Le malfaiteur, en faisant la pesée, aura par mégarde appuyé le bras sur le cordon, et comme la sonnette tinte au moindre choc, celle-ci aura sonné sans que le bandit s'y attende.

MONSIEUR JAMY, *après quelques minutes de réflexion*. — Il n'y a qu'une chose à faire, je vais prévenir le commissaire de police.

> Le commissaire vient et procède aux constatations d'usage. Il est bien certain que l'on se trouve en présence d'une tentative d'effraction.
> Toute la journée, un agent de la Sûreté reste posté devant la maison, dans l'attente des événements.

II

Le même soir, après dîner, monsieur et
madame Jamy sont dans leur salon.

MADAME JAMY. — Tu n'iras pas au café,
dis ?

MONSIEUR JAMY. — Non.

MADAME JAMY. — Si je restais seule ici, je
crois que je mourrais de peur...

MONSIEUR JAMY. — Bah ! rassure-toi... Maintenant, le danger est passé ; quand un cambrioleur a raté son coup, on peut être sûr
qu'il ne reviendra pas le lendemain... Il sait

15

que tout le monde est sur ses gardes... Par
conséquent, il se ferait pincer illico.... Et si
ces messieurs sont malhonnêtes, ils sont
souvent très intelligents...

MADAME JAMY. — N'importe ! je ne suis
pas rassurée ; d'ailleurs, l'agent de la
Sûreté ne va pas rester toute la nuit devant
la porte de la maison, n'est-ce pas ?

MONSIEUR JAMY. — Non, son service a pris
fin à neuf heures.

MADAME JAMY. — Par conséquent, à présent, nous ne sommes plus gardés... Ah !
Eugène, que j'ai peur !

MONSIEUR JAMY. — Allons, allons, tranquil-
lise-toi !

MADAME JAMY. — Si au moins l'on pouvait
barricader la porte de l'antichambre ?

MONSIEUR JAMY. — La barricader ? Avec
quoi ? Nous n'allons pas porter le buffet
dans l'antichambre, je suppose ?

MADAME JAMY. — Non, mais je voudrais

être certaine qu'on ne pourra pas entrer...
Cherchons... (*Poussant un cri de triomphe.*)
Ah ! j'ai trouvé !

MONSIEUR JAMY. — Quoi ?

MADAME JAMY. — Nous allons mettre une
chaise que nous appuierons contre la porte.

MONSIEUR JAMY. — Une chaise ?

MADAME JAMY. — Sur cette chaise, nous
placerons en équilibre une pelle et une pincette. Comme l'antichambre est carrelée, si
l'on pousse la porte du dehors, la pelle et la
pincette tomberont, en faisant un bruit qui
nous réveillera.

MONSIEUR JAMY. — C'est tout ce que tu as
trouvé ?

MADAME JAMY. — Oui, ça suffira.

MONSIEUR JAMY. — Mon Dieu ! si l'on réflé-
chit un peu...

MADAME JAMY. — Mon idée est simple,
mais pratique.

MONSIEUR JAMY. — Et puis, si de cette

façon tu es plus à calme !... Dis à Rose de préparer les objets.

Cinq minutes après, il est fait ainsi que madame Jamy l'a ordonné : on voit, sur la chaise dressée contre la porte, la pelle et la pincette se tenant en équilibre.
Les deux époux vont se mettre au lit.

III

Cinq heures et demie du matin. Un petit jour
gris commence à filtrer à travers les
rideaux de la chambre de monsieur et
madame Jamy.

Tout à coup un bruit de ferraille dégringolant
d'une façon terrible retentit.

MADAME JAMY, *qui ne dormait que d'un
œil. Avec un cri d'épouvante.* — Eugène,
Eugène, tu as entendu?

MONSIEUR JAMY, *la voix un peu étranglée.*
— Oui.

MADAME JAMY. — La pelle et la pincette
sont tombées.

MONSIEUR JAMY. — Peut-être par hasard ?

MADAME JAMY. — Non... non... placées ainsi qu'elles l'étaient, elles ne pouvaien tomber sans qu'on les poussât.

MONSIEUR JAMY, *pas rassuré du tout.* — C'est vrai.

> A ce moment, pénètre Rose, vêtue d'un simple jupon, tenant à la main un énorme couteau de cuisine.

ROSE. — Madame a entendu ?

MADAME JAMY. — Oui.

ROSE. — Les voleurs qui reviennent ! !

MADAME JAMY, *toute pâle.* — Ah ! mon Dieu ! Ah ! mon Dieu !

MONSIEUR JAMY, *sautant à bas du lit.* — Allons, ne perdons pas la tête.

ROSE, *agitant son coutelas.* — N'ayez crainte, monsieur... N'ayez crainte... S'il y en a un seul qui me touche !

MADAME JAMY, *bégayant.* — Ah ! Sei... Seigneur... Est... est-ce pos... possible !

Monsieur Jamy, *qui a mis son pantalon.*
— Mon revolver ? Où est mon revolver ?...

Madame Jamy. — Là... là... sur la table de
nuit...

Monsieur Jamy, *prenant le revolver.* —
Allons... en avant ! Il s'agit de nous dé-
fendre...

Madame Jamy. — Non, attends encore un
instant, Eugène... Je ne veux pas que tu
t'en ailles seul...

Rose, *brandissant toujours son coutelas.*
— Ne craignez rien, madame, je vais avec
monsieur...

Madame Jamy, *sautant en bas du lit et
enfilant un peignoir.* — Ça ne fait rien...
je veux vous suivre... (*S'arrêtant.*) Et une
arme ?... Je n'ai pas d'arme ?... Ah, ce
chenet ! (*Elle prend un chenet de la chemi-
née.*)

Monsieur Jamy. — Allons... en avant, à
présent...

MADAME JAMY. — Est-ce possible ! Est-ce possible ! Dans une maison comme celle-ci !... Des choses pareilles !...

MONSIEUR JAMY. — L'heure n'est plus aux discours.

> Il sort de la chambre à coucher.
> Derrière lui, vient Rose ; puis, à quelques pas derrière elle, madame Jamy, qui peut à peine porter le chenet trop lourd.
> Le trio longe un corridor qui conduit jusqu'à l'antichambre.

MONSIEUR JAMY, *s'arrêtant tout à coup.* — Ah !

MADAME JAMY, *très loin derrière.* — Quoi ?

MONSIEUR JAMY, *éclatant de rire.* — La pelle et la pincette n'ont pas bougé.

ROSE. — C'est vrai... Elles sont toujours sur la chaise, comme je les y ai mises...

MADAME JAMY, *se rapprochant,* — Alors ?

MONSIEUR JAMY. — Alors ?... Est-ce que

tous les trois nous ne serions pas devenus fous ?

MADAME JAMY. — Non... non.. J'ai bien entendu un bruit exactement semblable à celui qu'aurait fait la chute de cette pelle et de cette pincette.

ROSE. — Moi aussi. J'ai entendu de la cuisine...

MONSIEUR JAMY. — Cependant, il n'y a pas à dire le contraire... les choses sont restées en état. La porte n'a pas été ouverte. On cite des cas extraordinaires d'hallucination. Est-ce que nous ne rentrerions pas dans la catégorie des gens affligés d'hallucinations de l'ouïe?

MADAME JAMY. — Mais non... mais non...

Pendant une heure, monsieur Jamy et sa femme vont et viennent dans l'appartement. Ils inspectent les pièces pour voir si, par hasard, un vase, un tableau, un chandelier ne seraient pas tombés.

Or, tout est en état.

Et ils restent là, tous les deux, ahuris, ne comprenant plus, quand Rose, maintenant complètement habillée, apparaît en coup de vent.

Rose. — Ah ! madame ! Ah ! monsieur !

Monsieur et Madame Jamy, *ensemble*. — Qu'y a-t-il ?

Rose. — Le bruit...

Madame Jamy. — Eh bien ?

Rose. — Il a été causé par le laitier qui a laissé tomber du cinquième deux boîtes à lait qui étaient vides... Ça a fait un chahut dans l'escalier !...

Madame Jamy. — Ah ! l'imbécile !

Rose. — Même qu'il a réveillé une bonne partie des autres locataires...

Monsieur Jamy. — Je rengaine mon revolver... Je crois que les cambrioleurs ne reviendront pas de si tôt. (*A sa femme.*) Allons nous recoucher.

MADAME JAMY. — Il fait grand jour... Je vais dormir tranquille.

ROSE. — Oui, mais il y a encore une chose...

MADAME JAMY. — Laquelle ?

ROSE. — C'est que le laitier avait mis de l'eau dans son lait... On vient de l'arrêter...

MADAME JAMY. — Eh bien, tant mieux ! A défaut de notre cambrioleur, il y aura toujours au moins quelqu'un de pincé.

LA PETITE NÉGRESSE

Une loge de concierge, — une de ces belles loges modernes qui rendent les portiers supérieurs aux locataires.

La table est garnie pour le déjeuner, somptueusement.

MADAME FRIPIER. — Alors que c'est aujourd'hui qu'a fait sa première communion, votre petite Titine?

MADAME BÉCHARD. — Oui, ma bonne... Et qu'ça m'en donne, un *aria !* Songez donc ! J'ai onze personnes à déjeuner. L'oncle

Victor, le cousin Eugène, les Poirier, M. et Madame Thune, sans compter Hippolyte, mon frère, qu'est huissier à la présidence, et Ernest, vous savez, le brigadier de gendarmerie de la Ferté-sous-Jouarre.

MADAME FRIPIER. — Ah! oui, ça donne bien du mal... et ça vous en coûte, un argent!

MADAME BÉCHARD. — A qui en parlez-vous, madame Fripier? Rien que la robe de la petite m'est revenue à près de cent francs.

MADAME FRIPIER. — Cent francs! C'est pas possible, ma bonne!

MADAME BÉCHARD. — Si, ma chère! c'est vrai qu'une première communion, c'est une chose qu'on ne recommence pas tous les jours.

MADAME FRIPIER. — C'qu'elle doit être jolie votre petite Titine, là-dedans!

> Titine entre, noire, comme un tuyau de cheminée. Elle sanglote.

MADAME BÉCHARD. — Ah! mon Dieu! une négresse?

TITINE. — Non, c'est moi...

MADAME BÉCHARD. — Titine! Ma fille... Ah! Seigneur Dieu, regardez-moi c't'enfant, madame Fripier! A s'est mis de la boue partout, à sa jupe, à son corsage, à ses bas... Et sa figure... et ses mains?... C'est noir comme du cirage. Ah! ben, la voilà propre!

TITINE, *pleurant*. — Hi! Hi!

MADAME BÉCHARD. — Mais réponds donc, malheureuse! Où qu'tu t'as fourrée pour être dans un état pareil?

TITINE. — J'ai ramassé une pelle dans la rue.

MADAME FRIPIER. — Vous z'i aviez donc dit de sortir?

MADAME BÉCHARD. — J' l'avais envoyée en courses... acheter du beurre chez la crémière... Vous comprenez bien qu'un jour pareil on ne peut pas tout faire par soi-même.

Son père est allé chercher du vin à la cave...
Moi, il faut que je m'occupe de mon gigot...
(*A Titine.*) Mais réponds donc ! Comment
qu't'as fait pour te salir comme ça?...

TITINE. — C'est un petit garçon qui m'a
poussée... J'm'ai étalée dans le ruisseau...

MADAME BÉCHARD. — Ah ! ben ! Ah ! ben !
Nous v'là dans de beaux draps !... Une robe
de cent francs !... Comment qu' tu iras aux
vêpres, cette après midi ? Hustuberlu, va !
Propre à rien !

TITINE. — Heu ! Heu !

MADAME BÉCHARD. — Tu peux hurler... Tu
vas voir ton père !

> A ce moment, M. Béchard revient, portant
> sous ses bras ou dans ses mains une
> demi-douzaine de litres de vin rouge. Il
> en met un sur la table, quand tout à coup
> il aperçoit sa fille.

M. BÉCHARD. — Oh ! l'horreur ! Où qu'a
s'est fourrée ?

Tout à coup, le litre mal posé sur la table tombe par terre. Un flot de vin inonde les bas et la jupe de Titine.

MADAME BÉCHARD. — Ah! mon Dieu! Eh bien! i n' manquait plus qu'ça!

TITINE, *sanglotant*. — Ma robe! I m'a abîmé ma robe!

M. BÉCHARD, *atterré*. — Beuh... Beuh...

MADAME BÉCHARD, *à son mari*. — Tu n' pouvais pas faire attention, toi aussi?... Avec ta bouteille? Tu n' vois donc pas où tu mets tes mains? Si c'est pas affreux! Une robe de cent francs! C'est une nippe maintenant, une dégoûtation... Il faut que le bon Dieu y aye jeté un sort, à Titine... C'est pas possible autrement... A se sera pas bien confessée... A n'aura pas tout dit au curé... (*A Titine.*) Tu y as tout dit?

TITINE, *pleurant toujours*. — Oui, maman!

MADAME BÉCHARD. — Alors i faut que t'ayes

16

fait quéque malice.., Et ton beurre que j'tai
envoyé chercher? Tu l'as, ton beurre?

TITINE. — Non, maman.

MADAME BÉCHARD. — A n'a pas son beurre!
Quéque t'as fait de ton argent?

Mutisme prolongé de Titine.

MADAME BÉCHARD, *la main levée.* — Veux-
tu le dire où qui sont, les sous que j' t'avais
donnés?

TITINE. — J'les ai perdus.

MADAME BÉCHARD. — C'est pas vrai!

TITINE. — Si.

MADAME BÉCHARD, *envoyant une belle gifle
à sa fille.* — V'là pour t'apprendre à mentir.
Veux-tu me dire tout de suite?

TITINE, *entre deux hoquets.* — Ben...
voilà... En passant devant l'épicier, j'ai vu
des boîtes de dragées... Heu! Heu! Alors
j' m'ai dit que c'était ma première commu-

nion… J' m'en ai acheté une boîte…

M. Béchard, *solennel*. — Misérable !

Titine. — Heu ! Heu !

Madame Béchard. — Continue !

Titine. — Non, j' vas recevoir encore une gifle.

Madame Béchard. — Je t'ordonne de continuer. C' n'est pas parce que tu t'es payé une boîte de dragées q' t'es tombée ?

Titine. — Non. C'est à cause d'un petit garçon… Il m'avait vue entrer dans la boutique de l'épicier… Alors, quand j'suis sortie, i'm'a dit comme ça : « Donne-m'en ?… — « Non, qu'j'ai fait. » Il a recommencé… Comme j'voulais toujours pas, i'm'a pris ma boîte… Puis i' m'a flanqué une poussée… J'suis tombée dans le ruisseau… J'm'ai mise à nager… C'est comme ça que je me suis salie… (*Désespérée.*) Heu ! Heu !

Madame Béchard. — Ah ! tu te conduis ainsi un jour de première communion…

Tiens, tu ne les auras pas volées, celles-là!

> Simultanément, Titine reçoit deux belles
> gifles, l'une appliquée par Madame Bé-
> chard, l'autre par son mari.

MADAME FRIPIER, *s'interposant*. — Voyons,
mes amis, voyons!

MADAME BÉCHARD. — Vous n'comprenez
pas qu'on soye en colère, vous, après un
coup de temps pareil? Ah! la voleuse, la dévergondée, la mange-tout! Maintenant, va
falloir que j'la débarbouille, q'j'i lave sa
robe à grande eau! Sur d'l'étoffe comme ça,
vous voyez c'que ça va faire, de l'eau!

MADAME FRIPIER. — Évidemment.

MADAME BÉCHARD. — Et mes invités, vous
les voyez, leurs têtes, quand en arrivant, a
me demanderont : « Où qu'est Titine? » et
que je leur répondrai : « Ma fille? Vous
croyez que c'est une communiante?...

MADAME FRIPIER. — Oui, qu'ils vous diront.

MADAME BÉCHARD. — Et que je leur répondrai z' à mon tour. « Ma fille?... Une communiante... Une blanche?... Non, c'est une négresse... qui sèche.

FIN

TABLE DES MATIÈRES

ÉMILE COLIN, IMPRIMERIE DE LAGNY (S.-ET-M.)

ŒUVRES COMPLÈTES DE AUGUSTE GERMAIN

ÉMILE COLIN, IMPRIMERIE DE LAGNY (S.-ET-M.)

AUGUSTE

ERMAIN

LE

RILLON

PARIS

RIX :

r. 50

ARIS

IS EMPIS

TEUR

01

www.ingramcontent.com/pod-product-compliance
Lightning Source LLC
Chambersburg PA
CBHW052004020726
47501CB00004B/1005